○ ○ ○ ○ ○ ○

**이오덕의 글쓰기 교육 ④**

**아이들 글쓰기**

∧∧∧∧∧∧

# 글쓰기 하하하

▼▲▼▲▼▲▼

이오덕의 글쓰기 교육 ❹

# 글쓰기 하하하

**1판 1쇄 발행** 2017년 9월 25일 | **1판 3쇄 발행** 2021년 10월 29일

**글쓴이** 이오덕
**펴낸이** 조재은 | **펴낸곳** (주)양철북출판사 | **등록** 제25100-2002-380호(2001년 11월 21일)
**책임편집** 이송희 이혜숙 | **편집** 김명옥 박선주 | **디자인** 육수정 | **마케팅** 조희정 | **관리** 정영주
**주소** 서울시 마포구 양화로8길 17-9 | **전화** 02-335-6407 | **팩스** 0505-335-6408
**ISBN** 978-89-6372-236-8 04810 | **값** 13,000원

**어린이제품 안전특별법에 의한 기타표시사항**

**품명** 아동 도서 | **제조자명** (주)양철북출판사 | **제조국명** 대한민국 | **사용 연령** 10세 이상

# 글쓰기
# 하하하

양철북

이 책은, 글이란 어떤 특별한 취미나 재주를 가진 사람이 쓰는 것이 아니고, 글자만 알면 누구든지 쓸 수 있다는 것을 알리기 위해 썼습니다. 그리고 글쓰기란 남에게 보이기 위해 억지로 꾸며 만들어 내는 거짓스럽고 고통스러운 공부가 아니라, 있는 그대로 보여 주고, 하고 싶은 말을 마음껏 하는, 참으로 즐거운 공부임을 모든 어린이들이 깨닫도록 하기 위해 쓴 책입니다.

나는 지금까지 어린이들을 행복하게 해 주고 사람답게 자라나도록 하는 글쓰기 교육을 오랫동안 하여 왔습니다만, 그동안 선생님들이 올바른 지도를 하실 수 있도록 도와주는 책을 몇 권 내었을 뿐이지, 부끄럽게도 어린이들이 바로 읽도록 쓴 책은 내지 못했습니다. 그러니 이 책은 어린이들에게 주는 글쓰기 공부 책으로서는 처음 내는 것입니다. 나는 교실에서 어린이들에게 이론으로 글 이야기를 지루하게 하는 것이 얼마나 부질없는 짓인가를 잘 압니다. 그래서 이 책에서는 될 수 있는 대로 이론이 되는 말을 짧게 줄이고, 대신 재미있고 알맞은 보기글을 많이 들어서 여러분들이 글쓰기의 올바른 길을 쉽게 찾을 수 있게 하였습니다. 그러나 글을 쓰는 방법을 '글은 왜 써야 하는지, 무엇을 써야 하는지, 어떻게 써야 하는지, 여러 가지 글 써 보기' 이 네 가지로 나누어 글쓰기에서 기본이 되는 문제는 빠짐없이 다루었습니다.

　지금, 어린이를 위한 글쓰기 공부 책이 여러 권 책방에 나와 있는 줄 압니다만, 이 책이 어린이와 글과 글쓰기 공부를 보고 생각하는 여러 가지 문제에서 다른 책들과는 많이 다를 것이라 믿습니다. 다만 이 글들이 〈소년조선〉에 연재하면서 그때그때 시간에 쫓겨 쓴 것이어서, 얼마쯤 고치고 다듬기는 하였지만 아쉬운 점이 많은 줄 압니다. 부디 이 책을 읽는 어린이와 선생님들께서 모자란 곳을 지적해 주시면 훗날 더욱 알찬 책으로 다듬고 채우겠습니다.

　　　　　　　　　　　　　1986년 5월 5일 이오덕

## 5장 여러 가지 글을 써 봐요

## 읽어 두기

1　이 책은《신나는 글쓰기》(지식산업사)를 새로 고쳐 펴냈습니다.

2　맞춤법과 띄어쓰기는 지금 표기법을 따랐습니다. 다만, 이오덕 선생님이 지금 맞춤법과 달리 띄어 써야 옳다고 여긴 '우리 말' '우리 나라' 같은 말은 그 뜻에 따랐습니다.

3　이 책에 실은 아이들 글은 띄어쓰기만 바로잡았습니다. 사투리나 입말, 아이들 말은 그대로 살렸습니다.

4　'국민학교'는 '초등학교'로 바꾸었으며, 대구 논공초등학교와 북동초등학교는 이전의 경북 달성 논공초등학교와 북동초등학교입니다.

# 1

# 글은

# 왜

# 써야 할까요

# 글은 왜 써야 할까요?

어린이 여러분, 여러분은 아마도 거의 모두 글쓰기를 무척 어렵게 생각하고 싫어할 듯합니다. 여러분이 별로 반가워하지 않는 글쓰기 얘기를 지금부터 하려고 합니다. 글은 특별한 사람들만 쓰는 것이 아니고 누구나 쓸 수 있는 것이구나, 나도 써 보고 싶구나, 하는 생각이 들도록 얘기할 테니 잘 들어 주세요. 글짓기를 글쓰기라고 말하는 것도, 마음에 없는 것을 머리로 억지로 만들어 내는─곧 지어내는 글이 되어서는 안 되고, 다만 자기의 생활에서 저절로 술술 얘기가 쏟아져 나와야 하고, 글을 쉽고 재미있게 써야 한다는 뜻에서 고쳐 말하는 것입니다.

"글은 왜 써야 할까요?"

이렇게 누가 묻는다면 여러분은 어떤 대답을 할는지요?

우리 나라 거의 모든 어린이들은 (만약 조금도 숨김없이 솔직하게 말한다면) 아마도 다음 세 가지에서 하나를 대답할 것이 확실합니다.

① 선생님이 쓰라니까 씁니다.

② 칭찬받고, 상도 탈 수 있으니까요.

③ 점수를 따기 위해서요.

이 가운데서 첫 번째 대답이 가장 많을 것 같습니다. 그 까닭은, 우리 나라의 선생님들이 어린이들에게 정말 쓰고 싶은 얘기를 쓰게 하지 않고, 어린이의 일상생활과는 상관이 없는 것, 어른들만의 생각, 공문으로 써내라는 것…… 이런 것만을 쓰도록 제목까지 정해 주고, 심지어 내용까지 이러저러한 것을 만들어 내라고 하기 때문입니다. 이래서 어린이들은 일 년 내 쓰고 싶은 글 한 편 써 보지 못하고, 저금을 알뜰히 했다는 얘기라든가, 부모에 효도한 얘기라든가, 자연보호를 잘했다는 얘기, 그 밖에 마음에도 없고 실지로 하지도 않은 얘기들을 머리로 만들어 내느라고 애를 쓰지요. '글짓기'라면 지긋지긋하게 싫다는 어린이가 많은 것은 당연합니다.

두 번째 대답은 글을 장난스럽게 만들어 내는 손재주를 익힌 문예부 학생들의 말일 것입니다. 무슨 백일장이나 글짓기 대회 같은 행사가 있으면 문예부의 학생들이 참가해서 상을 타야 하거든요. 이런 어린이들로서는 칭찬받고 상 타는 일이 즐거울는지 모르지만, 칭찬받을 수 있는 글, 상을 탈 수 있는 글을 꾸며 만들어 내어야 하는 것이 문제가 안 될 수 없습니다. 그런 행사에서 상을 받게 되는 글은 거의 모두 삶에서 우러난 정직한 글이 아니고, 어린이의 삶과 마음의 세계를 알지 못하는 어른들의 글 취미에 맞춰 흉내를 낸 것이어야 하기 때문입니다. 그래서 상을 받기 위해 글을 쓰는 어린이들도 거의 모두 글을 쓰는 참기쁨을 모르는 가없은 어린이들입니다.

세 번째 대답은, 요즘 글쓰기가 시험 점수로 계산이 된다니까 많은 부모님들이 글쓰기 공부를 시키고 싶어 하고, 글쓰기(글짓기) 학원 같은 것도 생겨나니까 그렇게 말하는 것이지요. 그러나 어린이들이 쓴 글을 두고 점수를 매긴다는 것은 아주 어렵습니다. 만약 이 어려운 일을 쉽게 하기 위해, 말썽 없이 공평하게 점수를 매길 수 있도록 하려고 점수를 매기기에 편리한 글을 쓰게 한다면, 기계같이 머리로 맞추고 만들어 내는 글밖에 될 수 없으니, 참된 사람의 길을 찾기 위한 글쓰기와는 아주 딴판인 비참한 '점수 따기 글짓기' 라 할 것입니다.

그러니 여러분은 이러한 쓰기 싫은 글, 상 타고 점수 따기 위한 글을 쓰지 마세요. 지금까지 가졌던 글쓰기 태도를 아

주 바꾸어서, 쓰고 싶은 얘기를 참마음에서 나온 말로 써야
합니다.

다음 글을 읽어 보세요. 2학년 아이가 쓴 짧은 글입니다.

동생 장종현 대구 용구교회 2학년

오늘 나는 소풍을 갔는데 과자를 다 먹어 버렸어요. 점심시간에 내
동생이 와서 밥을 먹었습니다. 과자가 없어서 동생이 불쌍하고 내
가 부끄러웠습니다. 다음부터는 과자를 남겨 동생과 나눠 먹겠습
니다.

나날의 삶에서 겪는 얘기를 정직하게 쓴 이런 글이 좋은
글입니다. 글 끝에 "다음부터는······" 하고 쓴 것도 착한 아
이의 흉내를 내거나 꾸며 만든 말이 아니고, 진정으로 우러
난 말입니다. 이런 글은 점수를 따기 위해 쓴 것이 아니지
요. 상 타기 위해 쓴 글일 수도 없습니다.

다음은 4학년이 쓴 글입니다.

오늘 김정환과 원화가 한윤석 책상에 꽃을 놓았다. 나는 너무 슬
퍼 눈물을 흘리지 않을 수 없었습니다. "부처님, 부처님, 인도하셔
서 한윤석이 하느님 곁으로 잘 가게 해 주십시오. 한윤석이 제발 천

당에 가게 해 주셔요. 아멘."

진정이 담겨 있는 이런 글이 좋은 글입니다. 글은 쓰고 싶
어서 써야 좋은 글이 되는 것이지, 남보다 점수를 많이 얻기
위해, 상 타기 위해, 또는 쓰라니까 어쩔 수 없이 써서는 결
코 좋은 글이 안 됩니다.

# 맺힌 마음을 풀어 준다

다시 말하지만 글은 쓰고 싶어서 씁니다. 쓰고 싶어서 써야 합니다. 그래야만 좋은 글이 됩니다. 그것은 마치 말을 할 때, 하고 싶은 말이라야 저절로 술술 얘기가 나오는 것과 같습니다.

누구나 하고 싶은 말이 있고, 쓰고 싶은 글이 있습니다. 그런데도 글쓰기를 어려워하고 싫어하는 것은, 자기가 정말 쓰고 싶은 것이 무엇인가를 깨닫지 못하기 때문입니다. 언제나 쓰라는 것만을 쓰고, 남의 흉내만 내도록 배워 왔기 때문에 자기 자신의 생각이나 생활이 귀중한 줄을 모르고 오히려 그것을 부끄러워하여 덮어 감추게 되었지요. 그러니 글을 쓸 때는 무엇보다도 '지금 내가 가장 하고 싶은 말이 무엇인가?'를 생각해서 그 가장 하고 싶은 말을 써야 합니다.

공 김갑모 경북 안동 대성초 5학년

학교에 공 두 나 있는 것 상락이는 안 차게 해 준다. 지만 가지고
논다. 아이들이 나도 하자고 하면 똥물에 빠져 죽어라고 한다. 상
락이가 밉다. 공은 우리 학급, 전교생이 차야 하는데 지만 찰라고
한다. 상락이가 밉다. 아이들이 고루 차야 하는데.

• 두 나: 두 개.


이 글은 짧지만 이 아이로서는 가장 하고 싶은 말을 썼습
니다. 이렇게 하고 싶은 말을 다 썼으면 됩니다. 억지로 더
길게 쓸 필요는 없습니다.

그런데 만약 선생님이 "정화 운동 글짓기를 원고지 열다
섯 장이 되도록 써내라"고 하신다면 어찌할까요? 쓸 수 없
는 것을 억지로 거짓스럽게 쓰지는 마세요. 그러다 보면 사
람이 거짓말쟁이가 됩니다. 정화 운동이란 별다른 것이 아
니라 우리 사회를 깨끗하고 바르게 하자는 것이니까 자기가
공부하고 있는 학급 사회가 잘못된 점, 고쳐야 할 점, 걱정
스러운 점을 앞에 들어 놓은 글같이 쓰면 되는 것입니다. 만
약 자기가 하지도 않은 일을 한 것처럼 쓰라고 하거나, 생각
에도 없는 얘기를 길게 몇 장까지 써내라고 한다면, 그때는
선생님의 말씀을 따르지 않아야 합니다. 여러분은 어른들의

잘못된 가르침을 거절할 줄 알아야 하고, 그렇게 해서 깨끗한 마음, 정직한 마음을 지켜야 합니다. 그래야만 참사람이 되는 참글을 쓸 수 있습니다. 저축, 불조심, 효행 일기, 무슨 편지글 따위의 글도 결코 거짓을 써서는 안 됩니다.

그러니 교실에서 쓰라는 글보다 보통 때 집에서 일기장 같은 데다 그때그때 쓰고 싶은 것을 적어 두면 얼마나 좋은 글이 될까 생각합니다.

시험 김민선 대구 대봉초 5학년

나는 시험이
무섭다.

시험 보고
매 맞고

통지표 받고
매 맞고

내 다리
장한 다리.

이 아이는 매를 맞는 것을 부끄럽게 생각하지 않았습니다. 뻔뻔스러워 그럴까요? 그게 아닙니다. 아이들에게 점수 따기 경쟁을 붙이고 있는 어른들이 잘못이란 것을 알고 있기 때문입니다. "내 다리/ 장한 다리", 이 얼마나 든든한 '자기 생각'을 가지고 있는 아이입니까? 자기의 마음과 생활을 귀하게 여길 줄 아는 훌륭한 정신을 가진 아이입니다.

이 아이는 여느 때도 이런 생각을 하고 있었지만, 이 시를 써서 더욱 제 마음을 위로할 수 있었을 것입니다. 또한 이 시를 썼기에 자기 생각을 더욱 확실히 다지게 되고, 삶에서 용기를 얻게도 되었을 것입니다.

그러니 여러분들은 다음과 같은 글도 얼마든지 쓸 수 있어야 합니다.

꼭 하고 싶은 이야기 박미영 경북 성주 대서초 6학년

선생님들께서는 우리 학생들에게 군것질을 하지 말라고 말씀하신다. 그러나 우리 학생들에게만 군것질을 하지 말라고 하시지 않았으면 좋겠다. 그렇다고 군것질을 매일 하는 것이 아니다. 나는 요전에 있었던 일인데, 점심시간에 탁구를 치기 위해 탁구 빠트를 가지러 교무실에 들어갔는데 여선생님 세 분께서 과자를 잡수시고 계셨다. 그것도 한 번이 아니고 여러 차례 아이를 시켜서 책상 속에

감춰 놓았다가 점심시간에 드시는 것을 여러 번 봤다. 그런데 어떻게 아이들을 보고 군것질을 하지 말라고 말씀을 하실까? 이건 너무 어처구니가 없는 일이다. (아래 줄임) (1983. 4. 18.)

• 빠트: 배트.


글을 쓰면 맺힌 마음이 풀어집니다. 글을 쓰면 위로를 받고 용기를 얻게 됩니다. 그래서 우리들의 외로운 마음, 억눌린 마음, 바르고 깨끗한 마음을 지켜 갈 수가 있습니다. 우리 마음을 가꾸는 이런 글을 쓴다는 것은 참으로 귀하고 즐거운 공부입니다.

## 마음과 마음을 이어 준다

우리는 세상을 살아가는 동안 온갖 것을 보고 듣고 느끼고 생각합니다. 그리고 그렇게 보고 듣고 한 것을 그 누구에게 말하고 싶어 합니다. 이렇게 하고 싶은 말을 써 놓은 것이 글이 됩니다. 하고 싶은 말 가운데 가장 많은 것이 아마도 자기가 바로 그 무엇을 한 일(겪은 일)이 되겠습니다. 다음 글을 읽어 보세요.

심부름 나설경 대구 인지초 2학년

나는 어머니의 심부름을 갔습니다. 어머니는 동생하고 같이 가라고 하셨습니다. 나는 동생하고 같이 가기가 싫었습니다. 그러나 안 데리고 갈 순 없었습니다.

그래서 데리고 갔습니다. 나는 동생하고 손을 잡고 걸었습니다. 가는데 동생이 넘어졌습니다. 동생의 옷에 흙이 묻었습니다. 나는 동생의 흙 묻은 옷을 털어 주지도 않고 있었습니다. 동생은 옷을 털고 있었습니다.

그러다가 내가 넘어졌습니다. 내 옷에도 흙이 묻었습니다. 동생은 내 옷을 털어 주었습니다.

나는 아까 동생의 옷을 털어 주지 않은 것이 부끄러웠습니다.

동생하고 같이 가다가 동생이 넘어져 옷에 흙이 묻어도 털어 주지 않고 있었는데, 다음에 저가 넘어졌을 때는 동생이 옷을 털어 주더라고 했습니다. 동생한테 배우게 된 것이지요. 이 글은 심부름을 가다가 일어난 일을 쓴 것입니다.

다음은 6학년 아이가 괴로운 일을 하면서 살아가는 얘기를 쓴 글입니다.

### 비니루 끼기 김순신 부산 감전초 6학년

나는 요즈음 신발을 넣을 비니루봉지에 줄을 끼는 일을 한다. 한 뭉치에 다섯 묶음이 있고 한 묶음에는 백 장의 비니루가 있다.

한 장 한 장마다 줄을 8번이나 끼어야 되고 한 묶음을 끼면 처음에는 2시간이나 걸렸는데 지금은 1시간이다. 다섯 묶음을 하면 250

원인데 팔, 목, 허리가 아프다. 보통 6시부터 9시까지 한다. 비니루 월급은 하루 일한 것을 적어 놓았다가 30일이 되면 계산해서 월급을 준다.

비니루를 끼고 피곤해서 자면 4시 반에 일어난다. 일어나면 형님은 공부하고 동생은 자고 있다. 나는 밥을 하고 반찬을 만들어 놓는데 만들어 놓으면 6시다. 6시에 밥을 먹고 나서 공부를 하는데 잠이 무척 온다.

잠을 이끌고 공부를 하고 나서 학교로 간다. 학교에서도 잠이 많이 온다. 집에 가서는 어제 하다 남은 비니루를 낀다. 지금까지 낀 비니루값은 1,770원이다. 더 많은 일을 해서 돈을 모아 학용품 등 나에게 모자라는 물건을 사겠다. (1983.)


참으로 고된 일을 하면서 공부하는 아이입니다. 그런데도 불평하지 않고 더 열심히 일하겠다고 했지요. '끼기'란 말은 표준말로는 '꿰기'이지만 이 아이가 있는 지방에서는 모두 '끼기'라고 합니다. 글은 말하는 그대로 쓰는 것이 좋고, 그래야 글을 쓴 사람의 생활과 마음이 잘 나타납니다.

이 글을 쓴 아이는 괴롭게 살아가는 자기 얘기를 조금도 부끄럽게 생각하지 않고, 당연히 쓸 것을 쓴다는 태도로 썼습니다. 그런 태도가 훌륭합니다. 이렇게 써 놓고 이 아이는 스스로 만족하고, 자신과 용기도 얻었을 것입니다. 그리고 이 글을 읽는 사람은 누구나 '세상에 이런 아이도 있었구나' 하고 남의 생활을 이해하고, 한편 자기를 반성하게 될 것입니다. 글은 사람의 마음과 마음을 이어 줍니다.

다음은 4학년 아이의 글입니다.

### 내 동무 류정길 대구 상동교회학교 4학년

나에게는 불쌍한 동무가 있어요. 그 동무는 언제나 선생님께 꾸중을 들어요. 왜냐구요? 그 동무는 공부를 못할 뿐만 아니라 글자도 모르기 때문이어요. 그 동무는 집도 가난해서 다른 친구들은 그 동무를 싫어하고 놀아 주지도 않아요. 그래서 그 동무는 항상 외토리였어요. 참, 제가 그 동무 이름을 밝히지 않았군요. 그 동무 이름은 '김주학'이에요. 성질이 순하고 마음이 착해서 나와 아주 친한 사이에요.

그러나 선생님은 내 동무를 싫어하고 꾸중을 많이 하세요. 그것은 글자를 모르기 때문이어요. 내 동무가 가장 곤란한 시간은 국어 시간이에요. 그래서 옆에 앉은 친구들이 작은 목소리로 읽어 주곤 하죠.

그러나 나는 주학이와 같이 집에 간 적은 한 번도 없어요. 왜냐구요? 그것은 우리 선생님이 공부 못하는 사람은 언제나 '나머지 공부'라 해서 남아서 50분 정도 공부를 더 시키기 때문이지요.

며칠 전 우리 학교에서 소풍을 갔거든요. 나는 내 동무가 오는 줄 알았는데 오지 않아 참 섭섭했습니다. 내 동무, 불쌍한 동무 위에 하느님의 사랑이 내리시기를 기도드리겠습니다.

그만 써야 되겠어요. 시간이 다 된 것 같아서 이만 줄입니다.

• 외토리: 외톨이.


이것은 남의 얘기를 썼습니다. 한 동무의 생활과 마음을 이해하는 따뜻한 마음이 넘쳐 있는 참으로 좋은 글입니다. 이와 같이 삶을 얘기하는 글은 사람의 마음을 이어 줍니다.

# 세상 보는 눈을 넓혀 준다

사람의 생활은 누구나 다 다릅니다. 성격도 다르지요. 따라서 사람마다 또 생각이 다를 수밖에 없습니다. 그런데 자기의 의견이나 태도와 남의 그것을 견주어서 왜 다를까, 하고 생각해 보는 것도 귀한 일입니다. 그렇게 해서 자기의 좁은 생각을 깨달을 수 있고 보는 눈을 넓힐 수 있으니까요.

다음은 어머니 얘기를 쓴 글 두 편을 들겠습니다. 이 글을 쓴 두 아이가 어머니를 보는 눈은 대조가 될 만큼 서로 다릅니다. 어떻게 다른지 생각해 보세요.

### 불쌍한 우리 엄마 박미정 경기 포천 포천초 4학년

나는 거짓말쟁이여요. 창피해서 엄마 아빠의 하시는 일을 모른다고 선생님을 속였어요. 하지만 이제는 거짓말하지 않을 거여요. 그리고 엄마 아빠께서 하시는 일이 창피한 일이 아니라는 것을 알았어요.

하지만 아직도 엄마가 하시는 일이 부끄러운 일 같아요. 아이들이 놀릴 것 같아요. 내 마음이 이렇게 창피한데 보르꼬 일을 하시는 우리 엄마는 얼마나 창피하실까? 그리고 힘드실까? 엄마가 불쌍해요. 생각하면 눈물이 나요.

집이 부자인 아이가 부러워요. 그런 아이들은 학교가 끝나면 집에 가서 엄마께 학교에서 있었던 일을 이야기하며 즐길 수 있잖아요. 그리고 부잣집 아주머니들은 힘든 일도 안 하시잖아요. 엄마가 불쌍해요.

이 아이의 어머니는 "보르꼬" 일을 하십니다. 보르꼬 일이란, 집을 짓는 데 쓰는 콘크리트 블록을 만들거나 운반하는 일입니다. 이 아이는 글 첫머리에서 엄마 아빠가 하시는 일이 창피해서 선생님께 거짓말을 했다는 것, 그리고 이제는 엄마 아빠가 하시는 일이 창피한 일이 아니라는 것을 깨달았다고 말했습니다. 아마도 이 글을 쓰는 것이 부끄러운 일이 아니라고 생각하고 용기를 내어 썼을 것입니다. 그런데 그다음부터 쓴 것을 보면 아직도 그런 어머니를 창피하게 여기고, 부잣집 아이들, 아주머니들을 부러워하고 있습니다.

창피한 일을 창피하다고 쓴 것은 정직합니다. 이 글은 자기의 마음을 솔직하게 써 보였다는 점에서 모범이 될 만한 좋은 글입니다. 그러나 일하는 생활을 부끄럽게 여기는 이런 마음은 사람이 가져야 할 바른 마음일까요?

다음 글을 읽어 보세요.


우리 어머니 이정순 대구 인지초 6학년


이 세상천지를 뒤져 봐도 우리 어머니를 따라올 어머니는 없을 것이다.

아버지께서 살아 계실 때 120만 원이나 지어 놓은 빚을 갚았고, 오빠를 경북기계공고라는 올해 새로 생긴 학교에 입학을 시켰다.

자식 고등 보내기란 쉬운 일이 아니다. 또한 어머니는 여름이면 5, 6원 더 받으려고 새벽 3, 4시경이나 어떤 때는 밤 10시에 나가서 이튿날 저녁에 들어오신다.

미나리 논은 보통 베기는 남자가 베고, 씻기는 여자가 씻는다. 그러나 우리 어머니는 남자가 하는 일을 더 많이 하신다. 남자가 하는 일은 돈을 더 받기 때문이다.

그리고 봄에는 이 산 저 산으로 돌아다니며 산나물을 캐다 파신다. 이렇게 힘든 일, 어려운 일 가리지 않고 꿋꿋하게 해 나가신다.

어머니께서는 이렇게 고생하시는데, 나도 어머니를 위해 무엇인가 해야겠다고 생각하여 나는 지금 나대로 고생하고 있다.

집에서 어머니께서 일터에 가시면 나는 새벽밥을 지어 오빠와 동생을 학교에 보내고, 나는 방 청소, 설거지, 연탄 갈기 등 아침 주부가 해야 하는 일을 깨끗하게 치우고 학교에 나간다.

일요일이면 빨래를 하기에 바쁘다. 일주일 동안 벗은 빨래이기 때문이다.

집안의 설거지, 밥, 빨래, 방 청소 등 여러 가지 내가 할 수 있는 잔일은 무엇이든지 다 맡아 하고 있다.

그래서 어머니께서는 나 없으면 못 산다고 하시며 동생보다 돈을 더 많이 주신다. 또한 동네 사람들도 마찬가지로 나만 보면 고생한다고 하시며, 사람마다 한마디씩 아끼지 않고 칭찬을 주신다.

우리들 위해 물불 가리지 않고 고생하시는 우리 어머니를 도울 수 있는 일이라면, 나의 작은 힘이나마 정성을 다해 어머니를 도와드리고 더욱 잘 모시겠다.


이 글은 앞의 글과는 반대로, 힘든 남자들의 일을 찾아다니면서 하고 있는 어머니를 훌륭하게 보고 자랑스럽게 여기고 있습니다. 그래서 저도 날마다 어머니를 도와, 어머니가 할 일을 대신해서 하고 있습니다. 앞의 글은 정직하게 썼지만 그 생각이 좁습니다. 그런 글을 쓰는 어린이는 글쓰기를 하는 동안에 뒤의 글을 쓴 어린이같이 그 마음이 넓어질 것입니다. 글쓰기는 삶을 보는 눈을 넓혀 주고 마음을 가꾸는 공부가 되기 때문입니다.

## 자기 생각, 자기 삶을 귀하게 여기게 된다

흔히 글을 잘 쓰려면 책을 많이 읽고, 많이 쓰고, 많이 생각하라고 말합니다. 또 글을 잘 쓰려면 먼저 착한 마음, 아름다운 마음을 가져야 한다고도 말합니다. 사물을 겉으로 스쳐보아 넘기지 말고 깊이 관찰을 하라고도 말합니다. 모두다 틀린 말은 아닙니다.

그러나 내가 보기로는 우리 나라 어린이들이 무엇보다도 먼저 가져야 할 귀한 것이 있습니다. 그것은 자기의 느낌과 생각, 자기의 생활을 귀중하게 여기는 태도입니다. 왜 그런가 하면, 신문이나 잡지들에 실리는 글, 실어 달라고 보내온 글, 글짓기 대회나 백일장 같은 자리에서 쓰거나 뽑히는 글을 보면 자기 자신의 느낌이나 생각, 생활이 없고 온통 남의 것과 남의 글을 흉내 낸 것뿐이란 생각이 들기 때문입니다.

붓글씨를 쓸 때는 본보기가 될 만한 것을 보고 쓰는 것이 좋습니다. 그러나 그림을 그릴 때와 마찬가지로 글을 쓸 때는 남의 작품을 보고 흉내를 내어서는 안 됩니다. 이야기글(산문)이고 시고 다 그렇습니다. 좋은 작품, 정직하게 써서 감동을 주는 글을 읽는 것은 아주 필요합니다. 다만 실제로 쓸때는 그 글의 흉내를 내지 마십시오. 본받아야 할 점은 그글의 정직함입니다. 이 점을 꼭 마음에 깊이 새겨 두세요.

그러면 자기 자신의 것이란 어떤 것을 말하는 것일까요? 보기를 들면 다음 글에 나타난 생각 같은 것이 그 하나가 될수 있습니다.

책상 여현영 경북 성주 대서초 5학년

우리 집엔 책상 하나가 있다. 내가 4학년 때 산 책상이다. 오늘 내가 공부를 하였다. 책상 위에서 하니까 더욱 불편했다. 처음 거기서 해 보았기 때문이다. 그래서 다시 바닥 위에서 해 보았다. 훨씬 글씨가 바르게 써졌다. 나는 무엇 때문인지 알았다. 바닥 위에서 오랫동안 하다가 갑자기 높은 곳에서 숙제나 공부를 하게 되면 잘되지 않는 것을 알았다. 바닥에서 쓰던 버릇이 남아 있기 때문이다. (1984. 1. 1.)

모두가 책상 위에서 공부하면 편하고 글씨도 잘 써진다고 알고 있는데, 이 아이는 도리어 불편하고 글씨가 잘 안 써지더라고 말합니다. 그 까닭은 물론 이 아이가 말한 대로 오랫동안 방바닥에 엎드려서 공부한 버릇 때문이겠습니다. 이것은 이 아이만의 생각이라 할 수 있습니다. 더러 이런 느낌을 가졌던 사람이 있을 테지만 아무도 그런 느낌을 글로 쓰지 않았으니 말입니다. 그리고 자기만의 느낌은 다만 자기의 삶에서 온다는 것도 알아 둡시다.

다음에 보기를 하나 더 들겠습니다.

### 나의 옷 권재수 경북 안동 대성초 6학년

내가 여름에 영주에 가서 옷을 사 입었다. 갈 때는 그냥 집에서 입는 옷을 마구 입고 신발도 거의 다 떨어져 가는 운동화를 신고 갔기 때문이다.

그런데 작은어머니께서 작은아버지를 보시고 "야 옷하고 신 좀 사 주소" 하셨다. 나는 좀 이상해졌다. 내 옷이 뭐 어때서 또 옷을 산단 말인가 생각해 봤다.

나는 제일 처음에는 아무것도 모르고 그냥 따라갔다. 옷을 사니까 참 좋았다. 신도 사니까 좋았다. 나는 좋아서 어쩔 줄을 모르고 그냥 멍하니 있었을 뿐이었다. 수박을 먹을 때 옆집에 사는 아주머니께서 오셨다. 아주머니께서는 나더러 니 촌에서 안 왔나 하셨다. 나는 그때 성이 왈칵 올랐다. 그래서 아주머니께 "촌에서 왔으면 어때요. 촌사람은 머 영국말 쓴답니까?" 했다.

그래도 좀 똑똑하구나 하는 말을 아주머니가 했다. 나는 어른들 있는 데는 대꾸를 안 하는 것이 좋지만 그때는 성이 얼마나 났던지 말해 버렸다.

이만큼 도시 사람은 시골 사람을 깔보고 있다. 그렇지 않은 사람도 있지만 시골 사람을 낮춰 보는 사람이 더 많은 것 같았다. 시골 사람들은 이와 반대로 순박한 사람이 많다. 나는 오히려 도시서 사는 것보다는 촌에서 사는 것이 더 낫다고 생각했다.


시골에 사는 이 아이는 도시에 갔다가 도시 사람이 자기를 촌아이라 깔본다고 생각하여 당당하게 맞서 말대꾸를 했다고 쓰고 있습니다. 이 아이의 이런 태도는 아주 귀하다고 생각합니다. 그것은 자기의 삶을 정말 가치가 있는 것으로 알고 아끼는 태도입니다. 자기 것을 귀중히 여기는 이런 태도가 없이는 삶이 발전하는 일도 마음이 자라나는 일도 있을 수 없습니다. 남의 것만 쳐다보고 부러워하며 따르고 흉내 내는 데서는 남의 종노릇밖에 할 것이 없지요. 보기 좋은 것, 자랑거리가 될 만한 얘기를 거짓으로 꾸며 만들어 쓰는 어린이가 많은데, 제 것을 소중히 여길 줄 모르는 가엾은

어린이들입니다. 조그마한 것, 지극히 보잘것없는 것이라도
제 것을 귀하게 여기는 마음이 값진 것입니다.

# 자기를 진심으로
## 드러낼 수 있게 된다

어린이는 훌륭합니다. 어른들보다 어린이들이 더 훌륭합니다. 벌거벗은 임금님을 보고 어른들은 모두 좋은 옷을 입었다고 거짓말을 하는데 어린이들만은 "임금님 벌거벗었네!" 하고 소리쳤으니까요.

옛날부터 이렇게 정직해서 어른들보다 훌륭한 어린이들에게 어른들은 자꾸 거짓말을 가르쳐서 빨리 어른을 만들고 싶어 합니다. 더구나 우리 나라 어른들이 그렇습니다. 잡지나 신문에 발표되는 어린이들의 글을 보면 어른들한테서 거짓말, 거짓글을 너무 많이 배우고 있다는 생각이 들어 답답합니다. 착한 일을 한 것처럼, 부모님께 효도한 것처럼 꾸며 쓰는 아이가 있는가 하면, 서양 사람이 쓴 동화에 나오는 공주가 된 것처럼 거짓스럽게 자기를 분 발라 놓는 아이도 있습니다. 그래야만 신문 잡지에 실린다고 생각하는 모양입니다.

'거울은 거울은 바아보' '구름은 요술쟁이' 흔히 이렇게 쓰고 있는 동시란 것도 자기의 느낌을 속이는 짓입니다. '나는 황소 타고 외갓집 둥그런 박 따러 가고 싶다. 할머니 옛 얘기 들으러 가고 싶다'고 하는 말도 거짓입니다. 남의 흉내, 어른들 글 흉내를 내다 보면 거짓말쟁이가 됩니다. 어느 아이가 쓴 '먹'이라는 시가 백일장에 당선되었는데, 그 첫머리만 소개하면 이렇습니다.

"먹 속에 한 올 두 올/ 내 영혼의 실꾸리를 감아 본다."

왜 이런 거짓스런 말을 시라고 써야 하는지 한심합니다. 상을 받았다고 해서 모두 훌륭한 작품이라고 생각하지 마세요. 상을 받은 작품 가운데 거짓스런 글이 더 많습니다.

그러면 정직하게 쓴 시를 한두 편 보도록 하겠습니다.

공부 김성동 경북 안동 대성초 6학년

사람은 왜 태어날 때부터 공부도 하고
갖은 고난을 겪어야 하나?
훌륭한 사람이 되기 위해 한다고 하지만
앞으로 훌륭한 앞날이 있다고도 하지만

어린이들은 대개 누구나 공부를 하라는 어른들의 말을 듣기 싫어합니다. 그러면서도 모두 공부를 해야 한다는 생각, 시험 점수를 많이 받아야 한다는 생각을 합니다. 그런데 이 아이는 공부 그 자체를 의심하고 있습니다. 그것은 그 아무도 쓰지 않은 이 아이만의 생각입니다. 그러나 이 시를 읽으면 '나도 그런 생각을 했는데' 하고 느끼는 어린이가 많을 것입니다. 정직하게 썼기 때문입니다.

다음에 보기를 드는 시도 자기 마음을 정직하게 드러낸 것이니 잘 읽어 보세요.


실습 박형순 서울 문창초 5학년


나는 실습이 좋다.
우리 어머니, 아버지, 이모는 무슨 남자가
실습을 하냐고 하십니다.
남자라고 못 할 게 어디 있어요?
남자라서 못 할 게 있을까 없을까……


집에서 하는 일이고 학교에서 하는 일이고 우리가 하고 있는 일을 잘 살펴보면 이치에 안 맞고 도리에 어긋나는 일들이 많습니다. 그런데 사람들은 그것이 다만 옛날부터 해

오던 일이라 해서 당연히 그렇게 따라서 해야 하는 것처럼 여깁니다. 이럴 때 '이건 좀 이상한데?' '이건 잘못되었어!' 하고 느끼고 생각하는 어린이들의 마음은 어른들한테서 찾기 어려운 깨끗하고 바른 마음입니다. 이런 어린이 마음이 꺾이지 않고 자라나도록 해야 합니다. 어린이들이 살아 있는 말로 글을 쓰고, 어른들이 그 글을 읽고 깨닫게 될 때 그 나라 그 사회는 크게 발전하겠지요.

# 서투른 말이 진실을 밝혀 준다

어린이들은 어른들의 시킴을 받아 마음에도 없는 글을 많이 쓴다고 했습니다. 실제로 하지도 않은 일을 한 것처럼 거짓으로 쓴다고 했습니다. 이렇게 마음에도 없는 글, 하지도 않은 거짓스런 얘기는, 그것을 읽는 사람의 이맛살을 찌푸리게 할 뿐 아니라, 쓴 사람의 품성을 병들게 합니다. 그런 글은 쓰면 쓸수록 얄팍한 말재주와 잔꾀만 늘게 되고, 자기의 속마음은 감추고 겉모양만 보기 좋게 꾸미려 하고, 마침내 남을 속이는 데 재미를 붙이게도 되지요. 참으로 가엾은 어린이라 할밖에 없습니다.

그러나 정말 쓰고 싶어서 쓴 글은 그 글을 읽는 모든 사람의 마음을 감동시킵니다. 왜 그런가 하면 그 글에는 진실이 담겨 있기 때문입니다. 그리고 이러한 진실이 담겨 있는 글은 그것을 쓴 사람의 마음을 키워 줍니다. 겉보기에는 초라하고 보잘것없어도 거기 진실이 담겨 있으면 읽는 사람의 마음을 울립니다. 그러나 멋지고 근사하게 쓴 듯한 글이 사람들을 어리둥절하게 할 뿐 아무런 감동도 주지 못하는 때도 있습니다. 거짓과 흉내로 만들어졌기 때문입니다. 요즘은 진실이 조금도 없는 이런 글이 우수한 작품으로 상을 받는 일이 흔히 있다는 것을 알아 두어야 합니다.

어린이 여러분은 벌거벗은 임금님을 보듯이 글을 정직하게 보고, 진실한 글과 거짓스런 글을 구별할 줄 알아야 합니다. 결코 거짓에 속아 넘어가지 마세요. 이야기를 거짓스럽게 꾸며 만드는 글도 흔하지만 괴상한 글재주를 부려서 읽는 사람을 헷갈리게 하는 글도 많습니다. '개울물이 일어선다'든지 '참새 소리를 쓸어 모았다'든지 하는, 아무것도 아닌 말장난을 좋은 글이라고 생각하지 마세요. 글을 가지고 장난치는 짓은 사기꾼들이 하는 짓입니다. 아무리 이름이 알려진 문학가의 글이라도, 그 글에 시시한 말재주를 부린 대문이 나오거든 조금도 주저하지 말고 그런 동시집이나 동화집은 팽개쳐 버리는 것이 좋습니다.

그런데 얼핏 보기에 그럴듯한 말이 사실은 거짓일 경우가 많습니다.

### 감  여학생 초 5학년

토실토실한 귀여운 감
붉고 탐스러운 감

한 입 물면 아빠 생각나고
두 입 물면 엄마 생각나고
다 먹으면 동생 생각나고

감은 생각의 촛불인가 봐

이런 것도 남의 글 흉내요, 한갓 말재주입니다. 참마음에
서 우러난 말이 아니면 거짓이 되거나 우스갯거리가 됩니
다.
다음 글을 읽어 보세요. 2학년 어린이가 쓴 것입니다.

### 어머니  김정순 경북 상주 공검초 2학년

오늘은 눈이 오는데 어머니 말씀이 나무하러 가신다고 하십니다.
그래서 내가 "눈이 오는데 나무하로 가여?" 하니까 어머니께서 "해
야지 때지" 하시는 말씀을 들으니까 기가 막힙니다. 그래 어머니는

44

나무를 하러 가시고 나는 한참 있다가 마루에 나가서 어머니 나무 하시는 것을 바라보면, 쳐다보니 어머니는 안 보이고 눈은 퍽퍽 내리고 멀리 있는 산들은 눈이 하얗게 쌓여 있습니다. (1958. 12.)

이것은 자기가 말하고 본 것을 그대로 쓴 글입니다. 진정을 쓰려고 할 때는 머리로 꾸미고 다듬을 필요가 없습니다. 더러 서투른 말이 나와도 좋습니다. 진실을 말하고 참말을 써야 남들이 감동하고 자기 자신도 그 말과 글 속에서 자라납니다.

# ②

# 무엇을
# 써야
# 할까요

# 어른 흉내를 내지 말고
## 사실 그대로 쓰자

글을 쓰려고 할 때 누구나 맨 처음 부딪히는 문제는 '무엇을 써야 하나?' 곧 글감(쓸거리)을 정하는 문제입니다. 쓸거리가 있어야 쓸 마음이 생겨나고, 글이 자연스럽게 또렷하게 써집니다. 그러니 무엇을 써야 하나, 하는 문제는 글쓰기 공부에서 가장 근본이 되는 중요한 문제라 할 수 있습니다. 쓸거리를 잘 잡기만 했다면 그 글쓰기가 반쯤은 된 것이라 할 수 있습니다. 글을 잘 쓰는 사람은 언제나 쓸거리를 준비하고 있기도 합니다.

어른들이 글을 쓸 때는 어떤 생각(주제)이 먼저 있고, 글감은 그 생각을 나타내기에 알맞은 것이 되도록 (머릿속에서) 만들어 맞춥니다. 그러나 어린이 여러분은 이런 어른의 흉내를 내지 마세요. 어른들이 쓰는 방법을 흉내 내어서는 결코 글다운 글, 살아 있는 글을 쓸 수 없습니다. 어린이들이 흔히 거짓스런 글을 만들어 내고 우스개 같은 동시를 쓰게 되는 것이 모두 어른들 글 쓰는 방법을 배워, 가만히 앉아서 머릿속 꾀로 엉터리 글을 만들어 내기 때문입니다.

무엇보다도 먼저 알아 두어야 할 것은, 자기가 바로 겪은 사실을 글감으로 해야 한다는 것입니다. 곧 어느 때 어느 곳에서 무엇을 보고 듣고 느끼고 생각하고 행동한 것—일한 것, 놀이한 것 가운데서 그 어느 한 가지를 골라 정해야 합니다. 이렇게 자기가 겪은 일에서 쓸거리를 잡는 것은 글을 쓰고 싶어 하는 마음을 갖는 것이 되고, 다시 한 걸음 나아가 어떻게 쓸까, 하는 태도까지도 결정하는 아주 중요한 일입니다.

'주제'란 것을 먼저 정해 놓고 그 주제를 표현할 수 있는 소재(글감)를 찾아 맞추고 하는 따위의 잘못된 글짓기 방법을 결코 따라서는 안 됩니다. 어떤 경우에도 몸으로 겪지 않은 것을 겪은 것처럼 거짓말을 쓰지 마세요. 거짓말은 아무리 재주를 부려도 드러나고 맙니다. 그것이 어린이 글의 특성이니까요. 정직하게 자기가 겪은 얘기를 쓰는 것이 어린이 글의 자랑이고 목숨입니다. 아무리 재주가 뛰어난 문학가라도 어린이가 순진한 자기의 말로 쓴 글만큼 진실하고 감동을 주는 글을 쉽게 만들어 내지는 못합니다. 그 까닭은 어린이들의 느낌이나 생각이나 행동은 어른들이 도저히 따를 수 없을 만큼 깨끗하기 때문입니다.

어느 아이가 쓴 일기에 다음과 같은 글이 있습니다.

### 기특한 동생 정상진 부산 감전초 6학년

오늘 학교에서 돌아와 보니 동생은 보이지 않고 칠판에 "형님아, 내 친구 집에 가서 놀다 올 테니깐 걱정 말고 집에서 놀고 있어라. 형 미안해"라고 적어 놓았다. 참 기특한 동생이라고 생각했다. 꼭 내가 동생이 된 기분이다.

여러분이 집에서나 학교에서나 골목에서 날마다 겪는 일들을 그대로 쓰면 얼마든지 재미있고 감동을 줄 수 있는 글이 됩니다. 위의 글은 동생이 한 일에 대해 자기의 생각을 쓴 것이지만, 다음 글은 길에서 본 것을 쓴 글입니다.

### 장난감 파는 할머니 최성군 서울 송정초 6학년

내가 어머니와 같이 미도파에 갔을 때의 일이다.
광화문에서 지하도로 맞은편 길로 건너갔다. 거기서 쭉 내려가면서 버스 정류장을 찾아 차를 타고 미도파에 내려서 한전 구판장에서 물건을 사고 나와 버스를 기다리는데, 멀리서 경찰이 길거리에서 물건을 파는 것을 단속하려고 오는 것이다.

장난감 파는 할머니는 짐을 싸고 있는데 경찰이 와서 짐을 빼앗으려 하자 할머니는 짐을 빼앗기지 않으려고 짐을 쥐고 매달렸다. 그래서 짐이 풀어지고 장난감이 떨어졌다. 경찰은 단념했는지 다른 태도가 돼 버렸다. 사람들은 그것을 지켜보다가 경찰이 가자 갈 길을 갔다.

옆에서 보고 있던 리어카에 번데기, 떡볶이 등을 파는 아저씨가 리어카를 끌고 어디론가 갔다.

그 할머니는 경찰이 가자 투덜대며 도시락을 먹기 시작했다.

나는 오면서도 자꾸 뒤를 돌아다보았다. (아래 줄임)


이 글의 마지막에는 글쓴이의 생각을 적어 놓았습니다. 우리가 골목이나 거리에서 흔히 보는 일도 어른들의 눈에 비친 것과 어린이의 눈에 비친 것은 다릅니다. 생각은 더구나 다르지요. 본 것, 들은 것, 느끼고 생각한 것을 사실 그대로 잘 생각해 내어서 쓰면 훌륭한 글이 됩니다. 거듭 말하지만 어른들의 흉내를 내지 마세요.

# 꼭 하고 싶은 이야기를 쓰자

글은 머리로 쓰지 말고 가슴으로 쓰라는 말이 있습니다. 이 말은 가만히 앉아서 머리로 거짓스런 얘기를 만들어 내지 말고 마음속에서 우러난 글을 쓰라는 말입니다. 또 글은 발로 쓰라는 말도 있습니다. 이 말 또한 글을 손재주만 부려서 다듬고 꾸미고 하지 말고, 실제로 자기가 몸을 움직여 한 것을 쓰라는 말입니다. 여기서 나는 한 걸음 더 나아가서 글은 '온몸으로 쓰라'고 말하고 싶습니다. 가슴과 발뿐 아니라 온몸에서 우러난 것, 온몸으로 겪은 것을 쓰라는 말이 되겠습니다. 짧은 글 몇 줄을 쓰더라도 아무렇게나 쓰지 말고, 시시한 말을 쓰지 말고, 꼭 하고 싶은 말, 해야 할 말, 가치가 있는 말을 써야 합니다. 그런 글을 쓰자면 어디까지나 생활 속에서 절실하게 겪은 사실을 글감으로 잡아야 합니다.

지금 우리 나라 어린이들이 쓰는 글은 머리로만 쓴 것이 너무나 많은데, 더구나 '동시'란 것은 거의 모두 머리로 만든 것이 되어 있습니다. 다음 글을 읽어 보세요.

사과 남학생 서울 초 5학년

사과는
축소한
지구와 같다

빠알간 껍질은
지구의
맨틀

맛있는 속살은
지구의
두꺼운 지각

먹고 남은 씨는
지구의
핵

지구와 사과는

너무너무 닮았다.


이것은 글쓴이가 삶 속에서 발견한 사과가 아닙니다. 어느 날 과수원 앞을 지나다가 본, 가지 끝에 달려 있는 사과라든가, 시장으로 심부름 가는 길가에서 본, 어느 할머니가 팔고 있는 사과라든가, 동생과 서로 먹으려고 다툰 사과라든가…… 이러한 자기의 삶 속에서 실제로 느낀 사과가 아닙니다. 일부러 머리로 생각해 낸 것이고, 어떤 동시를 모방한 것입니다. 아니면 지구의 자른 면 그림이라도 보고 멋대로 생각한 것이지요. 이렇게 머리로 만들어 내어서는 결코 남에게 감동을 줄 수 있는 글이 되지 못합니다. 시고 산문이고 다 그렇습니다.

또, 이 '사과'란 글은 언뜻 보면 아주 근사하게 쓴 것 같지만 사과란 과일의 특성이 조금도 나타나지 않았습니다. 이 글에서 "사과"란 말을 모두 '배'로 고치고 "빠알간 껍질"을 '노오란 껍질'로 바꿔 놓아도 아무런 달라짐이 안 생깁니다. 이것은 남의 것을 모방해서 머리로 만들었기 때문입니다. 삶 속에서 뚜렷하게 잡은 글감이라야 온몸으로 쓰게 됩니다.

그렇다면 다음 글은 어떻게 봐야 할까요?

소라 남학생 서울 초 5학년

휴일 때 주서 온
소라 속엔
작고 작은 바다가 있어요.

쏴아—
쏴아—
소리가 들려요

귀 기울여 봐요.
어부들의
힘찬 목소리가 들려요.

이 작품의 첫머리가 실제 생활 속에서 잡은 글감같이 쓰여 있습니다. 그러나 소라 껍데기를 보고 바다 소리, 어부들의 목소리가 들린다고 한 것은 너무 흔해 빠진 이런 말의 동시를 흉내 낸 것입니다. 어떤 사람은 조개껍데기나 돌을 보고 파도 소리, 갈매기 울음소리를 들은 것처럼 쓰고, 어떤 사람은 동전 한 닢을 들여다보고 사람의 목소리를 듣거나 별난 광경을 본 것처럼 씁니다. 어른들이 동시라고 쓴 것을 보고 어린이들도 흉내를 내지요. 이게 모두 말장난, 글장난입니다. 자기가 살아가는 얘기를 쓰지 않고, 삶 속에 살아 있는 느낌이나 생각을 잡지 않고 남의 것, 어른들 것을 쳐다보고 따르다 보면 이렇게 되고 맙니다. 이런 것이라야 근사한 글이 되겠지, 하고 머리로 재미있는 말을 만들어 내고 보면 어느새 남의 것과 비슷한 가짜가 되는 것입니다.

# 가장 잘 알고 있는
## 일을 쓰자

가장 좋은 글 제목은 자기가 가장 잘 알고 있어서 자신 있게 쓸 수 있는 제목입니다. 나쁜 제목은 쓸 것이 없는 제목, 무엇을 써야 할지 모르는 제목, 쓰고 싶지 않은 제목입니다. 이런 나쁜 제목은 어린이 여러분들이 스스로 찾아 고른 것이 아니라 어른들이 멋대로 정해서 내어 준 것입니다.

또 '가을'이니 '봄'이니 하는 제목도 좋지 않습니다. 그런 제목으로 아주 쓸 수 없는 것은 아닙니다만, 대개 이런 제목으로는 자기가 바로 겪은 일을 뚜렷하게 들어 자세하게 쓰지 않고 일반으로 누구나 보는 것, 듣는 것, 알고 있는 것을 쓰기 때문에 보기 좋은 겉모양을 설명하는 데 그치는 글이 되기가 예사입니다.

자기가 잘 알고 있는 사실에 대해서 쓰게 되면 쓰고 싶은 것이 많아서 저절로 열정을 기울이게 되니 좋은 글이 될 수밖에 없습니다. 이렇게 자기가 잘 알고 있는 일(또는 자기만이 알고 있는 일)에는 날마다 겪는 조그만 일도 있고, 어쩌다가 일어나는 좀 큰 사건도 있습니다.

### 줄넘기 김회자 경남 거창 쌍봉초 4학년

언니가 줄넘기 줄을 가지고 오면서 나더러 줄넘기 2단 뛰기를 아르켜 주라고 우리 집에 왔다. 그래서 나는 줄넘기 줄로 이래 해라, 저리 해라 하면서 아르켜 주었다. 언니가 하드만은 하나를 했다. 하나를 하더니 막바로 여덟 개를 했다. 나는 언니에게 줄넘기하는 것을 괜히 아르켜 주었다고 생각했다. 왜 그러냐 하면, 나는 5개 하는데 나한테 배운 사람이 더 잘하니 좀 서운하다.

• 아르켜 주라고: 가르쳐 달라고.  • 하드만은: 하더니만.
• 막바로: 곧바로.


줄넘기 놀이는 누구나 흔히 하는 놀이입니다. 이 줄넘기 놀이의 2단 뛰기를 언니한테 가르쳐 주고는, 배운 언니가 가르친 저보다 더 잘하게 되어 서운한 느낌이 들었다고 했습니다. 저보다 잘하는 아이가 있으면 사실은 반가워해야 할 터인데 서운하게 생각한 것은 오늘날 잘못된 점수 따기 공부의 해독을 입은 탓입니다. 어쨌든 이 아이가 이런 느낌이 든 것은 사실이고, 또 그것은 흔히 있는 일이지만 우리에게 '참 그렇구나!' 하는 생각이 들게 합니다. 조그만 느낌이지만 정직하게 썼기 때문입니다.

### 어느 무서운 하루 윤정미 경북 영천 영화초 5학년

학급신문을 만든다고 우리 반 아이들이 모은 용돈을 내가 우유통으로 만든 저금통에 넣어 가지고 있었다. 집에서 계산해 보니 1,250원이었다.

'선생님께 맡겨야지' 하고 생각했는데 아침에 깜빡 잊어버리고 안 가져갔다. 수업을 마치고 청소를 끝낸 뒤 집에 왔다.

집에 오니 3시 20분이었다. 돈 1,250원을 가게에 가서 큰돈으로 바꾸었다. 그 돈을 가지고 학교에 가려는데 왠지 자꾸만 꽃동산 쪽으로 해서 학교 뒤 울타리로 가고 싶어졌다. 꽃동산엔 온갖 체육기구랑 예쁜 꽃이 있고 특히 공기가 좋기 때문이다.

꽃동산을 반쯤 올라갔을 때 고등학생쯤 되어 보이는 오빠가 둘이서 이야기를 하며 내려오고 있었다. 그들의 얼굴 인상이 무섭게 생겨서 왠지 겁이 났다. 그래서 옆으로 슬쩍 비켜 지나가는데 발이 돌에 걸려 넘어질 뻔했다. 그 순간 내 호주머니 속에서 '쨍그랑' 돈 소리가 났다. 그랬더니 갑자기 그 오빠들이 내게로 바짝 다가서며

"이 가시나야, 있는 돈 다 내" 하고 말했다.

나는 무서웠다. 꽃동산 아래쪽으로 후다닥 도망을 쳤다. 도망치면서도 다리가 떨려 잘 달릴 수 없었다. 5m도 못 가서 그 인상 나쁜 오빠들에게 잡혔다. 너무나 무섭고 떨려서 나도 모르게 울어 버렸다.

둘 중에 키가 큰 오빠가 "이 가시나야, 니가 울면 우얄 끼고" 하면서 욕을 막 했다. 키가 작은 오빠가 "가시나야, 포기하고 돈 다 내놓는 게 좋을 끼다" 하고 말했다.

나는 떨리었지만 용기를 내어 "오빠들이 뭔데 무슨 권리로 남의 돈을 뺏노" 하고 말하니 큰 오빠가 "이 가시나가 말버릇도 없어. 입을 째 났불라" 이렇게 말했다.

겁이 나서 돈을 다 주었다. 나는 무서워서 죽자 살자 뛰어 집에 와서 막 울었다. 텔레비전에서 〈추적 60분〉을 본 장면이 막 떠올랐다.

학교에 가서 아이들에게 뭐라고 말하면 좋을까? 아빠에게 말해야 하나? 어째야 하나? 너무나 무섭고 떨리는 하루였다.

• 가시나: 계집애. • 우얄 끼고: 어쩔 거고.
• 째 났불라: 째 놔 버릴라.


어쩌다가 겪게 된 일을 쓴 이 글은 우리를 놀라게 하고 긴장하게 합니다. 그것은 이 글이 우리 사회의 어처구니없는 모습을 거짓 없이 보여 주기 때문입니다. 물론 이 글은 사회의 모습을 보여 주기 위해서 쓴 것이 아닙니다. 자기가 당한 일을 글로 써서 보이지 않고는 참을 수 없어서 쓴 글입니다.

# 방금 있었던 일을 쓰자

여러분들이 쓴 글은 흔히 첫머리에 '내가 3학년 때 일이었다'든지 '지난봄 어느 날이었다'든지 하여 몇 해 전이나 몇 달 전 얘기를 쓴 것을 봅니다. 이런 글을 볼 때마다 왜 하필 멀리 지나가 버린 일을 쓰려고 할까? 자세한 것은 다 잊어버렸을 텐데, 그리고 어제오늘 겪은 일이 더 쓰기 쉽고 쓰고 싶을 텐데 하는 생각이 듭니다.

이런 멀리 지나간 얘기를 쓴 글의 제목을 보면 대개 소풍이라든가, 수학여행이라든가, 운동회라든가, 생일잔치 같은—말하자면 특별한 일로 되어 있습니다. 그래서 이런 글을 쓴 사람은 대개 글을 보는 눈, 글에 대한 생각이 크게 잘못되어 있다는 것을 알 수 있습니다. 글이란 평소에 누구나 보고 듣고 겪는 일은 쓸 가치가 없고, 뭔가 남들에게 자랑할

만한 일, 재미있고 기분 좋게 지낸 일, 교과서나 다른 책에
나올 것 같은 일이라야 좋은 글감이 된다고 생각하는 듯하
니 말입니다. 사실 이런 글은 거의 모두 읽을 맛이 없고, 재
미가 없는 글이 되어 있습니다.

멀리 지나간 날의 얘기는 어른들이나 즐겨 쓰는 글감입니
다. 여러분들은 그때그때 있었던 일을 쓰는 것이 좋습니다.
그래야만 자세하게 재미있게 쓸 수 있습니다.

다음은 1학년 어린이가 쓴 글입니다.

쉬는 시간 박동분 경북 성주 대서초 1학년

인희하고 시소도 타고 미끄럼틀도 타고 놀기도 하였습니다. 인희
하고 노는 게 참 재미있었습니다. 인희가 그네를 타자고 해서 그네
를 타고 놀았습니다. 나는 인희하고 놀아서 즐거웠습니다.

이것은 방금 운동장에서 논 얘기를 쓴 글입니다. 바로 몇
분 전에 있었던 일이니까 2학년이나 3학년쯤 되면 뛰어놀
때의 모습, 동무들과 서로 지껄인 말들을 얼마든지 자세하
게 생각해 내어서 쓸 수 있을 것입니다.

고무 판화 남학생 초 4학년

다섯째 시간에 고무 판화를 했다. 나는 점심을 먹고 고무판을 가지고 학교로 왔다. 들어갈 종이 쳐서 나는 고무판을 꺼내어 책상에 올려놓고 우리 형이 조금 본뜬 걸 안 하고, 본을 떴다. 나는 손이 떨렸다. 그리고 나는 자꾸 눈물이 나왔다. 왜냐하면 아버지하고 어머니하고 싸워서 어머니가 대전에 가서 있기 때문에 나는 자꾸 눈물이 나왔다. 엄마가 보고 싶어서 그렇다.

이것은 그날 있었던 일을 쓴 것입니다. 아마 일기에 적어 두었던 글인 것 같기도 합니다. 그날그날 쓰고 싶은 것을 적어 두는 일기는 남에게 보이기 위한 것이 아니어서 정직한 글쓰기 공부를 하는 좋은 방법이 되기도 합니다.

내가 한 일 김기수 경북 성주 대서초 6학년

오늘은 일요일이라서 대구에 공부를 하는 형들이 일을 거들어 주러 왔다. 우리 식구들이 다 같이 한자리에 모여서 아침밥을 먹으니 밥맛이 참 좋았다. 아침밥을 먹고 나서 새떠꿀에 일을 하러 갔다. 그러나 나 혼자 몰래 빠져나와 새떠꿀에 일을 하러 가지 않았다. 점심때가 조금 넘었을 때 돌아오니까 우리 식구들이 점심을 먹고 있었다. 아버지께서 꾸중을 하시는 줄 알았다. 그러나 꾸중은커녕 올라와서 밥 먹어라고 하셨다. 밥을 먹고 나니 어머니께서 꼴과 시죽을 끼리라고 하셨다.

나는 어머니 소리를 들은 체 만 체 또 놀러 갔다. 친구들과 같이 기
왓장에 새집을 꺼낼려다 들켜서 꾸중을 듣기도 하였다. 또 오돌개
를 따 먹고서 옷을 버리기도 하였다. 이렇게 놀다 보니 벌써 해 질
때가 다 되었다. 나는 이제서야 어머니 말씀이 생각나서 얼른 집으
로 내려가 꼴을 빌려고 포대기를 꺼내었다. 그런데 아무리 낫을 찾
아도 낫이 보이지 않았다. 그래서 집에 있는 꼴을 꺼내어서 포대기
에 살살 넣어서 두 포대기나 담았다. 소죽을 끼릴려고 하니 점심때
소죽이 많이 남아 있어서 소죽을 끓이지 않았다. 그래서 또 친구들
과 같이 놀러 갔다. 밤이 되자 아버지께서 오셔서, 기수 너 꼴 비지
않고 집에 있는 꼴을 넣었지, 하고 아버지께서 웃으면서 말씀하셨
다. 나는 아버지 어떻게 아셔요? 하고 여쭈어보니 아버지께서는 꼴
을 써리려고 니가 빈 꼴을 부어 보니 꼴이 말란 꼴이라서 알았다고
하셨다. 나는 일요일은 형들이 있어서 놀지만 다른 날은 열심히 일
을 한다. (1983.)

- 시죽: 쇠죽.　• 끼리라고: 끓이라고.　• 오돌개: 오디.
- 꼴을 써리려고: 꼴을 쓸려고.　• 빌려고: 베려고.
- 빈: 벤.　• 말란: 마른.


　이것도 그날의 일을 쓴 글입니다. 어린이 여러분들이 자
기가 겪은 일을 이야기로 쓰는 글은 대부분 일기글처럼 그

날그날 씁니다. 만약 어쩔 수 없는 일로 그날의 일을 그날에 못 쓴다면 다음 날에는 써야 합니다. 곧, 어제 있었던 일을 쓰는 것이지요. 이틀이나 사흘이 지난 것은 특별한 일이 아니면 안 쓰는 것이 좋습니다.

# 지난날의 이야기를 쓰자

어린이들의 글은 방금 있었던 일, 조금 전 점심시간이나 오늘 아침에 있었던 일, 아니면 어제 겪은 일을 쓰는 것이 좋다고 했습니다. 곧, 될 수 있는 대로 지금과 가까운 시간에 있었던 일을 쓰는 것이지요. 그래야만 글이 자세하고 재미있게 써지고, 싱싱하게 살아 있는 글이 됩니다.

그러나 가끔 어떤 때는 꽤 오래 지난 일을 잊지 못해 쓰고 싶을 때가 있습니다. 그것은 마음속 깊이 새겨져 있는 특별한 일이기 때문입니다. 다음 글은 여름방학 때 일을 11월 26일에 썼으니 여러 달이 지난 얘기입니다.

불쌍한 사람들 배윤정 경북 성주 대서초 4학년

여름방학 때 대구에서 불쌍한 사람을 보았다. 육교에서 두 사람, 지하도에서 한 사람을 보았다. 지하도에서 본 사람은 할머니인데, 그 할머니는 상자 하나를 들고 있었다. 지나가는 사람이 있으면 상자를 내밀어 돈을 달라고 한다. 그러면 주는 사람도 있고 안 주는 사람도 있다. 우리 오빠한테 돈 백 원만 주면 안 되나 하고 물으니 오빠는 안 된다고 말했다. 육교에서 만난 사람 중 한 사람은 고무를 파는 사람이었고, 또 한 사람은 할아버지인데 그 사람도 역시 거지였다. 지하도에서 옥수수를 파는 아주머니를 보았는데, 그 아주머니는 장사가 잘 안되는 모양이었는데 그 옆에서 쥐고기 장사를 하는 아주머니가 장사가 잘되는 모양이었다. 그리고 우리가 에아추 500원치 사니까 그 아줌마가 우리보고 학생들 고마와요, 라는 말을 계속하였다. 저번에 학교 갈 때 어떤 할머니가 나에게 학생 돈 없습니까? 이렇게 말했다. 나에게 돈이 있었지만 나는 돈을 주지 않았다. 그때는 몹시 추웠다. 그 할머니와 내가 점점 멀어질수록 나는 후회했다. 돈을 줄 걸 내가 왜 안 주었을까? 이런 생각이 들었다. 우리 나라가 빨리 발전하여 불쌍한 사람들을 잘살게 해주면 좋겠다. (1983. 11. 26.)

• 에아추: 자두.


여러 달 전에 보고 듣고 생각한 것을 이렇게 자세하게 쓸 수 있는 것은 그 일이 마음속 깊이 새겨져 있기 때문입니다.

이와 같이 마음에 새겨져서 지워지지 않는 체험은 우리들의 생각과 세상을 살아가는 태도에 큰 영향을 주고 있습니다.

### 어머니와 아버지 박종하 경북 성주 대서초 6학년

지나간 일이다. 하지만 나는 이 이야기가 안주 기억에 남는다. 아버지는 군대 가시고 어머니께서는 형을 등에 업고 거리에 걷고 있었다. 그때는 돈이 없어서 우리 어머니 친구 집에서 며칠 지내고 있었다. 그래서 또 아버지께서는 낮에는 훈련을 받고 밤에는 소구리를 만들었다. 그리고 이것을 팔아 가지고 우리 어머니께 보내었다. 그것을 어머니께서 받아서 쌀 사고 해서 먹고살았다. 그러다가 아버지는 밤에도 소구리를 만들 수 없게 되었다. 그래서 아버지께서는 참을 수가 없어 총으로 아버지의 발을 쏘았다. 아버지는 병실에서도 소구리를 만들기 시작하였다. 그리고 아버지는 군대를 제대하고 나서 집에 와서 하드 장사를 하다가 콘 장사를 하다가 화장품 장사 등 여러 가지 장사를 하여 돈을 벌었다. 그리고 군대에서 배운 소구리 만드는 것을 집에서도 만들어서 차츰 우리 집은 잘살게 되어 지금은 그때보다는 나사졌다. 그래서 나는 우리 아버지와 어머니가 매우 자랑스러웠다. 그러나 아버지와 어머니께서 너무 고생을 하셨다. (1983. 5. 2.)

  • 안주: 아직.  • 소구리: 소쿠리.  • 나사졌다: 나아졌다.

이 글 가운데 "어머니께서는 형을 등에 업고……"라 한 것은, 이 글을 쓴 아이가 아직 나지도 않았을 때의 얘기로 서 어머니한테서 들은 것입니다. 자기가 바로 보고 겪지도 않았던 일, 자기가 이 세상에 나기도 전에 있었던 일이지만, 어머니한테서 들은 그 얘기는 이 아이의 생각과 태도에 얼 마나 큰 영향을 주었을까요? 그래서 이와 같이 쓰지 않고서 는 배길 수 없는 글을 썼고, 그러기에 감동을 주는 글이 되 었습니다. 이렇게 볼 때, 어쩌면 쓰고 싶은 얘기가 오래 지 난 때의 것일수록 사실은 더욱 절실한 글감이 된다고도 말 할 수 있습니다. 그러나 이런 글감이 아주 드문 것만은 틀림 없습니다.

# 괴로운 이야기, 슬픈 이야기를 쓰자

우리가 쓰는 글은 기쁜 얘기일 수도 있고 슬픈 얘기일 수도 있고, 답답한 얘기, 억울한 얘기, 분한 얘기, 부끄러운 얘기, 우스운 얘기, 기가 막힌 얘기…… 이렇게 온갖 얘기를 쓸 수 있습니다. 그런데 여러분들이 쓴 글을 보면 즐거운 얘기, 기분 좋게 놀았던 얘기가 많습니다. 그런 것이라야 좋은 글이 된다고 생각하는 것이 아닌가요?

기쁜 일, 즐거운 일도 얼마든지 좋은 글이 될 수 있습니다. 그러나 슬픈 일, 괴로운 일은 좋은 글이 될 수 없다고 생각한다면 큰 잘못입니다. 오히려 기쁜 일보다는 슬픈 일이, 즐거운 일보다는 괴로운 일이 사람의 마음을 더 크게 움직입니다. 또 기쁘고 즐거운 일보다 슬프고 괴로운 일이 이 세상에는 더 많기도 합니다. 어른의 글이고 어린이의 글이고 배부르게 잘 먹고 기분 좋게 놀았다는 내용의 글을 누가 재미있게 읽을 것이며, 누가 그런 글에 감동하겠습니까? 그런 얘기는 바보 같은 사람이나 쓰고 싶어 할 것입니다. 슬프게, 고통스럽게 살아가는 얘기 속에 우리들의 진실이 있습니다. 우리는 진실을 찾기 위해 글을 쓰고 글을 읽는 것입니다.

### 할아버지 김희자 경남 거창 쌍봉초 4학년

오늘 학교에서 시험을 치고 집에 돌아오는데, 우리 집에 일하던 할아버지가 집에 갈려고 하는가 옷 같은 것을 다 보따리에 싸 가지고 나오고 있었다. 할아버지는 내 동생 희정이를 보며 이걸 나두고 어떻게 갈꼬, 하며 할아버지의 눈에 눈물이 나올 것 같았다. 나는 할아버지가 갈 때 눈물이 나올 것 같았다. 할아버지는 우리 집에서 일도 잘하시는데 우리 집에서 일하며 살지 왜 갈꼬, 나는 퍽 눈물이 나올 것 같았다.

자기 집에서 오랫동안 한 식구가 되어 일해 오시던 할아버지가 떠나게 되었을 때 느낀 슬픔을 쓴 글입니다. 여기에는 글쓴이와 동생에 대한 할아버지의 정이, 또 그 할아버지에 대한 글쓴이의 정이 잘 나타나 있습니다. 글을 잘 써 보이려 한다든지, 보기 좋은 얘기를 찾아 쓰려고 했다면 이런 글감은 눈에 띄지 않았을 것입니다. 아니, 그런 사람에게는 애당초 이런 글에 나타난 인정 같은 것이 없었을 것입니다.

## 어머니의 죽음 황보성 경북 영천 영화초 5학년

어머니께서는 내 동생 훈이가 태어날 때부터 몸이 약해지셨고 병도 났다. 그래서 채희갑내과의원에 가서 입원을 하셨다. 어머니께서 병원에 계실 때 문병을 가면 "너희들 공부 안 하고 왜 또 왔노" 하시면서 우리들을 집에 보내셨다.

병원에서 열흘쯤 있다가 택시를 타고 집에 오셨다. 그때 외숙모가 도와주셨다.

1월 16일 날 나와 큰누나, 작은누나는 공부를 하였고, 훈이는 밖에 나가서 놀았다. 아버지께서 우리를 부르셔서 갔더니 어머니께서 숨을 어- 그리시더니 그리고는 돌아가셨다. 유언도 한마디 없이.

어머니가 돌아가신 지 1년이 넘었다. 날마다 어머니 생각을 한다. 그럴 때면 눈물이 눈에 자꾸자꾸 고여서 눈물이 난다.

어떨 때는 어머니가 동물로 새로 태어났는데 사람들이 어머니를 죽이는 것 같은 생각도 든다. 전에 아버지께서 강아지를 잡으셨다. 그 강아지가 잘 크지 않는다고 하시면서 잡으셨다. 그 강아지가 우리 어머니로 생각되어 나는 아버지께 잡지 마라고 말을 해 보았으나 소용이 없었다.

어머니가 보고 싶을 때면 어머니 사진을 본다. 동생은 돈 100원을 주고 나는 왜 주시지 않느냐고 어머니를 졸라 대었던 생각도 난다. 내가 커서 과거로 돌아갈 수 있는 기계를 만든다면 빨리 우리 어머니를 만나 볼 수 있을 텐데…….

사람은 왜 죽는 것일까? 죽음은 무엇이고 병은 무엇일까? 어떤 때는 내가 죽으면 어머니를 볼지 몰라서 빨리 죽었으면 하는 생각도 든다. 어머니가 보고 싶다.

• 그리시더니: 그러시더니.


어머니를 생각하는 마음이 눈물겹게 나타난 글입니다. 얼마나 어머니가 보고 싶었기에 죽어서라도 만나 보고 싶다고 했을까? 어머니가 동물로 태어났는지도 모른다고 생각하여 강아지를 죽이려는 아버지를 말리려고 했다는 것도 어린이다운 마음입니다. 참으로 슬픈 이야기입니다. 슬픈 이야기이기에 더욱 우리의 마음을 울립니다. 글쓴이의 진실이 담겨 있기 때문입니다.

# 재미있게 읽힐 만한 글을 쓰자

우리가 글을 쓰는 까닭은 그 누가 읽어 줄 것이라는 바람 때문입니다. 만약 그 아무도 읽어 주는 이가 없다면 글을 쓰는 사람이 없을 것입니다. 그리고 우리는 누구나 자기가 쓴 글을 그 누가 읽으면서 재미를 느끼고 감동하기를 바랍니다. 그러니 남들이 감동할 만한 글을 써야 되는 것이지요. 감동을 받을 수 있는 글이 곧 읽을 가치가 있는 글입니다. 따라서 글을 쓸 때는 "내가 쓰는 이 글이 남들이 읽을 만한 값어치가 있는 글인가?" 하고 스스로 물어보는 것이 좋겠습니다. 또, 다 쓰고 났을 때도 "이 글은 남들이 재미있게 읽을 만한가? 남들에게 감동을 줄 수 있는가?" 하고 한번쯤 생각해 보는 것이 좋겠습니다. 그래서 남들이 읽을 만한 글이 못된다고 여겨질 때는 발표하지 말아야 합니다.

어린이 여러분들이 쓴 글을 보면 '이건 남들이 읽을 만한 가치가 조금도 없는데…… 뭣 때문에 이런 걸 썼을까?' 싶은 글이 너무나 많습니다. 보기를 들면 6학년이나 된 아이가 '동생'이란 제목으로 글을 쓰면서 아무것도 아닌 일로 동생과 싸운 얘기만 쓴 것이라든지, '생일'이란 제목으로 잘 먹고 잘 놀았다는 얘기만 쓴 글이 바로 그런 것이지요. 그렇다고 해서 착한 일, 효도한 일을 거짓말로 쓰라는 것이 아닙니다. 글을 쓰는 일이 어렵다면 이래서 어렵습니다. 자기가 한 일을 정직하게 쓴 글이 그대로 읽는 이들을 감동시키도록 되어야 합니다. 가치가 있는 글을 쓰자면 가치가 있는 생활을 해야 하고, 가치가 있는 생각을 해야 하는 까닭이 여기에 있습니다.

그러나 먼저 재미있게 읽히는 글은 가치가 있는 글입니다.

### 오징어 가이상 배호준 경기 부천 대장초 6학년

나는 우리 반 아이들과 점심시간만 되면 오징어 가이상을 한다. 나뿐 아니라 오징어 가이상을 하다가 안 다친 아이가 없다. 우리들은 갱갱이로 엎어져 엉겨 붙어서 싸운다. 그러다가 끝나면 일어서서 서로 옷을 털어 주고 서로 그 전보다 더 친하게 지낸다. (1981.)

여러분들은 학교에서나 집에서나 놀이를 좋아하지요? 그 놀이를 모르는 사람도 잘 알 수 있게 풀이해 쓰는 것도 좋을 것이고, 놀이를 한 것을 아주 눈앞에 보이는 것같이 써도 재미있을 것입니다. 그러나 놀이보다 더 귀한 것이 일한 것을 쓴 글입니다.

### 참외 이인숙 경북 성주 대서초 2학년

나는 오다가 참외 따는 것을 보았습니다. 참외는 많았습니다. 많이 따지 싶습니다.
우리는 어제 참외를 땄습니다. 우리는 어제 22박스를 땄습니다. 나는 박스에다 아버지 이름을 썼습니다. 나는 참 재미있었습니다. 나는 옥화동도 썼습니다.

이 글은 학교에 가다가 참외 따는 것을 본 얘기부터 시작해서, 어제 참외를 땄던 얘기를 썼습니다. 이 아이는 참외를 넣은 박스에다 아버지 이름과 주소를 쓰는 일을 했다고 합니다. 그런 일을 한 것이 자랑스러워 이 글을 썼습니다.
자기가 어떤 일을 한 경험이 없으면 남들이 하는 것을 보고 그 본 것을 쓸 수도 있습니다. 그러나 실지로 자기가 한 것을 쓰는 것이 좋고, 그런 글이 더 가치가 있습니다.

실지로 하지도 않고, 더구나 보지도 듣지도 않고 방 안에 앉아서 무엇이든지 생각으로만 만들어 내는 글은 좋지 않은 글입니다. 소설가라든지, 시인이라고 하는 어른들 가운데는 이런 거짓스런 글을 만들어 내는 재미에 빠져 있는 사람들이 많이 있지만, 어린이들도 어른들이 쓰고 있는 글을 흉내 내는 사람들이 많이 있습니다. 흉내를 내도록 가르치는 어른들이 있으니 조심하십시오. 이야기글(산문)도 그렇지만 시에서 더욱 그러합니다. 이러한 흉내 내기로 '만들어 낸 글'은 그 어떤 글도 읽을 가치가 없습니다.

# 자기만의 생각과 행동을 쓰자

생각하면 우리는 하루 동안에 참으로 많은 말을 합니다. 특별히 말이 많은 사람이 있고, 말이 적은 사람이 있기는 하지만, 벙어리가 아니고서는 하루도 말을 아주 안 하고 지내는 사람은 없습니다. 그러다 보니 하루 동안에 말한 것을 반성해 보면 '안 해도 좋은 말을 공연히 지껄였구나' 하고 뉘우치게 되는 수가 너무 많지요. 그래서 옛날부터 '웅변은 은이고 침묵은 금'이라고 말했습니다. 다음 글은, 아마도 이러한 침묵(말 없음)이 귀하다는 사실을 배운 듯한 어린이가 쓴 글입니다.

말 안 하기 박현주 서울 사당초 6학년

12월 7일 금요일

나는 오늘따라 침묵을 지켜야겠다는 생각을 했다. 그래서 오늘은 교실에 들어가면 선생님을 제외하고는 말 한마디도 일체 안 하기로 했다. 내가 말을 한마디도 안 한다는 글을 썼더니 아이들은 이루지 못하리라는 듯 웃기만 하였다. 그러나 해 보려고 애를 썼다. 2교시까지 꾸역꾸역 참아 갔다. 말을 안 하니 숨을 못 쉬는 것처럼 답답했다. 드디어 쉬는 시간이 되었다. 그러나 역시 말 안 하는 시간이었다. 층계를 걸어가며 구슬을 튕겼다. 그랬더니 앞에 있던 이근술이 자기 구슬이라며 억지를 썼다. 나는 화가 치밀었다. 어느새 나도 모르게 "내 꺼야" 하고 내려갔다. 난 그제서야 내 목표가 깨진 것을 알 수 있었다. 그때 이근술은 주머니를 뒤적거리더니 "찾았다"라고 말하고 밑층으로 내려갔다. 이근술만 탓하다 내가 너무 지나친 목표를 세웠다는 것을 깨달았다. 비록 오늘의 목표는 허물어졌지만 내일도 내가 지킬 수 있는 목표를 세워 꼭 이루어야겠다. (1984.)


말을 안 하는 훈련을 한 것은, 더 귀하고 가치 있는 말, 정직한 말을 하기 위함이었을 것입니다. 말은 안 하려고 했는데, 그런 얘기를 글로는 이렇게 쓴 것을 봐도 알 수 있습니다. 자기만의 생각과 행동을 쓴 이런 글이 가치가 있는 글입니다.

## 친구의 우정 노용석 서울 사당초 6학년

12월 7일 금요일

나는 오늘 깜박 잊고 샤프심을 놓고 학교에 갔다. 나는 앞에 앉은 창교에게 샤프심 좀 빌려 달라고 했다. 창교는 자기도 하나밖에 없다고 했다. 그러나 창교는 자기가 쓰고 있던 샤프심의 3분의 2를 뚝 잘라서 주는 것이었다. 창교가 무척 고마웠다. 한참 지나고 3교시쯤에 창교는 샤프심을 다 썼는지 아이들에게 샤프심을 빌려 달라고 했다. 창교 뒤 좌석에 앉은 나는 창교를 볼 면목이 없었다. 나는 창교가 이 세상에 그 무엇과도 바꿀 수 없는 친구란 것을 오늘 비로소 느꼈다. (1984.)

참으로 귀한 우정을 만났습니다. 글을 쓴 어린이뿐 아니라, 이 글을 읽는 모든 사람의 가슴이 한 어린이의 정으로 훈훈하게 데워져서 즐거워지는 좋은 얘기요, 귀한 글입니다.

## 키 김성호 서울 사당초 6학년

4월 3일 화요일

오늘은 우리 반이 시범 수업을 했다. 참으로 떨리고 긴장되는 시간이었다. 모두 마치고 교장 선생님께서 말씀을 하실 때 우리들은 모두 깜짝 놀랐다. 왜냐하면 교장 선생님의 키는 우리 선생님보다 약 12cm 정도 크고 옆으로 퍼진 것도 선생님의 두 배였기 때문이다.

교장 선생님의 말씀이 끝나시고 우리가 숙제를 적을 때 어떤 아이가 "선생님, 선생님은 더 이상 키가 안 자라세요?" 하고 물어보았다.

그러자 선생님께서 "내가 교장 선생님보다 더 크다. 왜냐하면, 이 세상 사람들이 모두 발밑부터 재지만, 하늘에서 재면 내가 더 크지. 그래서 교장 선생님은 땅 사람이고, 나는 하늘 사람이지. 그리고 누구든지 죽으면 하늘로 가지만, 나 같은 사람은 살아 있어도 하늘 사람이지. 허허."

나는 내 키가 작은데, 우리 선생님의 덕택으로 내가 작지 않다는 사실을 알아냈다. 우리 선생님께 정말 정말 감사하고 싶다.

그래서 나도 하늘 사람이 되어야겠다. (1984.)


얼마나 훌륭한 선생님의 말씀입니까. 이런 선생님한테서 배우게 되는 어린이들이야말로 행복합니다. 그런데 이 아이는 선생님의 귀한 말씀과 자기 생각을 이와 같이 또 글로 써서, 더 많은 어린이들에게 전하고 있습니다. 모든 사람이 재미있게 읽으면서 감동받는 이런 글이 가치 있는 글입니다.

## 들은 얘기를 써 보자

여러분은 동화책이나 소설책을 즐겨 읽지요? 재미있는 책을 읽었을 때는 그 책을 남들이 읽도록 권하고, 또 책에 담긴 얘기를 남들에게 말해 주고 싶어 합니다. 이와 같이 책에서 읽은 얘기를 남들에게 입으로 전해 주는 것은 좋은 말 공부가 되며, 이 말 공부는 글쓰기 공부의 바탕이 되기도 합니다. 한편 이와는 달리 남들한테서 들은 얘기를 또 다른 사람들에게 얘기해 주거나 글로 써 두는 수가 있습니다. 옛날에는 책이 아주 귀해서 어른들에게서 여러 가지 재미있는 얘기를 듣기만 했지요. 그래서 들은 얘기를 또 남들에게 전해 주었습니다. 이것이 옛이야기입니다. 이런 이야기를 요즘은 들려주는 어른들이 없는 것이 참으로 섭섭합니다. 다만 이런 옛이야기를 책에 적어 놓은 것이 더러 있어, 어린이들이 즐겨 읽고 있을 따름입니다.

그런데 옛이야기가 아니더라도 어른들이 가끔 들려주는 얘기 가운데 재미있는 것이 있으면, 짧은 얘기든 긴 얘기든 그것을 일기장이나 어디에 적어 두는 것이 좋겠습니다.

어른들이 들려주는 얘기로는 먼 옛날부터 전해 오는 여러 가지 얘기 말고도 어른들 자신이 들은 가까운 옛날의 얘기, 어른들 자신의 어린 시절 얘기, 어른들이 세상을 살아온 얘기, 자기가 아주 어렸을 때 겪은 일이어서 조금도 기억에 남아 있지 않은 것을 어른들이 들려주는 얘기, 요즘의 얘기…… 들이 있습니다. 이와 같이 들은 얘기를 적을 때는 들려주는 사람의 말씨며 말투를 그대로 옮겨 놓아도 재미가 있지만, 들은 얘기의 줄거리를 다시 잘 정리해서 알기 쉽게 차근차근 써 나갈 수도 있습니다. 그 어느 쪽이든, 누가 어디서 무엇을 어떻게 해서 어찌 되었다는 것을 잘 알 수 있게 써야 합니다.

다음 글은 이 어린이가 아주 어렸을 때 일어났던 일을 어머니가 들려준 것이라고 합니다.

어머니 김기수 경북 성주 대서초 6학년

내가 4살 때 일이다. 어머니와 아버지께서는 들에 일하러 가시고 형들은 다들 놀러 갔다. 그래서 나 혼자 남게 되었다. 나는 잠을 자다가 깨 보니까 아무도 없었다. 어려서 아무것도 모르는 나는 마루를 겨우 기어 내려와서 부엌에 들어가서 놀다가 나 혼자라서 심심해서 나는 기어서 깔비를 가져와서 아궁이에 깔비를 넣었다. 그리고 나서는 성냥을 가져와서 불을 피웠다. 나는 손으로 불을 껐다 켰다 하여서 성냥 알갱이가 많이 까바졌다. 한참 동안 놀고 있으니까 어머니께서 점심을 하러 와서 밥을 하였다. 점심밥을 다 먹고 나서 어머니와 아버지께서는 또 들로 일을 하러 가셨다. 나는 또 방 안에 있다가 심심해서 부엌에 와서 불장난을 하였다. 그런데 불이 안에서 많이 타서 불을 끄려고 할 시간도 없었다. 불이 조금씩 타들어 오기 시작하였다. 조금 있으니까 불이 온통 부엌을 가로막아서 나갈 길이 없었다. 불은 점점 번져서 내게로 불이 다가오고 있었다. 그래서 나는 아궁이 속으로 들어갔다. 마을 사람들은 불도 안 땐 데에서 연기 날까? 하고 생각해서 얼른 마을 사람들이 와서 불을 껐다. 그러나 나는 점점 아궁이 안으로 들어갔다. 마을 사람들은 나를 찾다가 그만 지쳐서 돌아갔다. 어머니와 아버지께서 일을 하고 나서 돌아오자 내가 없어서 마을 사람들에게 물어보니까 대부분이 불에 타 죽었다고 하였다. 아버지께서도 그 말을 믿었지만, 어머니께서는 계속 나를 찾아다니다가 지쳐서 쓸어지기도 하셨지만, 계속 나를 찾아다였다. 밤이 되어서 어머니께서는 할 수 없이 밥을 할려고 하는데 아궁이 안에서 무슨 소리가 나서 자세히 들어 보니까 내 울음소리였다. 어머니께서는 몸이 커서 들어갈 수가 없어서 기남이 형을 불러서 들어가라고 하였다. 억지로 기남이 형이 들어와서 나를 끄집어냈다. 그제서야 나는 정신이 들어서 엄마, 하고서는 마구 울었다. 어머니께서는 나를 목욕 씻어서 아버지께 보여드리니까, 아버지께서도 울고 계셨다. 만약 어머니께서 나를 구해 주지 않았으면 나는 인제 이 세상에 없었을 것이다. 나는 지금도 어린 시절을 생각하면 어머니 은혜가 더더욱 고맙다. (1983.)

• 깔비: 솔가리. 말라서 땅에 떨어져 쌓인 솔잎.
• 까바졌다: 줄어졌다. • 쓸어지기도: 쓰러지기도.
• 찾아다녔다: 찾아다녔다.


들었던 이야기인데 어머니가 말하신 것같이 쓰지 않고 "나는…… 들어갔다" 하고 썼습니다. 자기가 한 것을 다 알고 있는 것처럼 쓴 것이지요. 기억하고 있는 것은 아니지만, 여러 번 들어서 자기가 그렇게 한 것으로 믿고 있기 때문입니다. 누구든지 아주 어렸을 때 있었던 남다른 일이 한두 가지는 있을 듯합니다. 그런 이야기를 부모님한테 잘 들어서 글로 써 보세요.

# 머리로 만들어 내지 말고
## 정직하게 쓰자

어른들이 소설이나 동화를 쓸 때는 실제로 있었던 얘기가 아니고 있을 것 같은 (있을 수 있는) 얘기를 만들어 냅니다. 그와 같이 만들어 낸 얘기는 흔히 사실의 얘기보다 더 진실하게 느껴집니다. 그러나 어린이 여러분들은 그런 진실을 머리로 만들어 낼 수 없고, 만들어 낼 필요도 없습니다. 여러분들은 자기가 세상을 살아가면서 느끼고 생각하고 행동한 그것이 그대로 모두 진실이 되니까요. 그래서 여러분은 실제로 겪은 것을 그대로 쓰기만 하면 다 되는 것입니다. 만약 어린이들이 어른들같이 머리로 얘기를 만들어 내면 그것이 진실한 얘기로 읽히지 않고 거짓으로 읽힙니다. 이것이 어린이 글의 특징입니다. 어른들 흉내를 내어서는 안 되는 까닭이 여기에 있습니다.

그런데도 많은 어린이들이 어른들의 글 흉내를 내어 거짓스런 얘기를 꾸며 쓰는 것을 봅니다. 자기 자신의 얘기를 정직하게 쓰면 쉽고 재미있고 즐겁기도 할 터인데, 왜 고통스럽게 어른들 글쓰기를 흉내 낼까요? 어린이들이 어른들 글쓰기를 흉내 내는 까닭은 어른들의 잘못된 가르침을 받아할 수 없이 그런 짓을 하는 겁니다. 실지로 학교에서는 이따금 어린이들이 쓸 수 없는 이상한 교훈이 담긴 제목을 주어 글을 쓰게 하고, 심지어 글의 내용까지 이런저런 것을 쓰라고 합니다.

다음은 강원도 어느 초등학교 5학년 어린이가 쓴 글입니다. 이런 글감은 우리 나라 어느 지방, 어느 학교의 어린이도 한 번 이상은 대개 쓴 경험이 있을 것입니다. 이 글이 아주 잘 쓴 듯하지만, 사실은 흔히 만들어 낸, 틀에 박힌 얘기에 지나지 않습니다.

### 내가 버린 휴지 때문에 강원 초 5학년

월요일 첫 시간부터 교실 분위기가 싸늘하였다. 선생님의 화난 표정도 좀처럼 풀어지지 않는다.

나는 가슴이 두근거리기 시작했다. 방망이로 뒤통수를 세차게 얻어맞는 것보다도 더 아픔을 느꼈다.

"자, 아직도 자기가 저지른 잘못을 반성 못 하는 사람이 있는데, 앞으로 5분간 여유를 더 주겠어요. 여러분 중에서 가장 용기 있는 태도, 정말 솔직하고 정직한 어린이를 선생님은 빨리 보고 싶어요. 분명 여러분들 중에서 이 휴지를 버린 사람이 있을 테니까" 하고 선생님께서는 보기 흉하게 구겨진 코 묻은 휴지를 교탁 위에 올려놓으셨다.

틀림없이 오늘 아침에 교실에서 내가 버린 바로 그 콧물 묻은 휴지였다.

"어떻게 할까? 모른 체해 버릴까? 아무도 본 아이가 없는데. 하지만 내가 일어나지 않으면 전체가 더 큰 벌을 받겠지."

이렇게 생각해 봤으나 좀처럼 일어날 용기가 나질 않는다.

시간은 벌써 5분이 지나고 있으나 누구 하나 일어나 줄 사람은 없다. 다만 나 혼자뿐인 것이다.

모두가 꿀 먹은 벙어리처럼 되어 버린 것이다.

"하는 수 없군. 지금 이 시간에는 잘못한 사람이 나타나지 않았지만, 수업이 끝난 오후 시간엔 선생님이 꼭 찾아내고야 말 테니 두고 봐요" 하시고 선생님께서는 칠판에 정직, 질서, 창조라고 대문짝 크기로 써 놓으시고는 정의로운 사회 건설에 대하여 예를 들어 자세히 설명해 주셨다.

"불신 풍조는 우리가 무서워하는 콜레라 병균이나 같은 거예요. 오늘 일과 같이 누구인지는 몰라도 그 정직하지 못한 어린이도 이와 같은 콜레라 병균이나 다름없어요."

나는 콜레라균과 같다는 말에 온몸이 오싹 찌그러드는 것 같았다.

"사람은 항상 정직한 생활을 해야만 우리 사회는 신뢰 사회 즉, 서로 믿고 사는 사회가 되는 거예요. 오늘 우리 교실에서 일어난 일을 생각해 봐요. 여러분과 선생님은 서로 믿음이 없잖아요. 다만 불신 풍조의 씨앗만이 싹트고 있지 않을까요?"

모두가 고개를 숙인 채 말이 없었다.

나의 조그마한 잘못이 이처럼 모두에게까지 피해를 주고 있다는 생각을 하니 부끄러워 고개를 들 수가 없었다.

오후 수업을 마치고 청소를 끝낸 우리들은 조용한 가운데 선생님이 교실에 나타나시기를 기다렸다.

나는 마음이 조급해지기 시작했다. 이젠 마음의 결정을 내려야겠다고 마음먹었다. 선생님께서 들어오시기 전에 먼저 잘못을 빌어야겠기에 슬그머니 일어나 교실을 나왔다. 그리고 곧장 교무실로 갔다. 마침 6학년 언니들이 청소를 하고 있었다. 선생님은 사무를 보시다가, "웬일이지? 영미가."

나는 그만 고개를 숙인 채 울음을 터뜨리고 말았다.

청소하던 언니들이 날 쏘아붙이는 것 같았다.

"얘들아, 오늘 청소는 그만들 하고 교실로 가서 선생님의 지시를 받도록 해라" 하시고는, "영미야, 오늘 아침 그 휴지가 바로 네가 버린 게로구나."

"예, 선생님, 용서해 주셔요. 그땐 정말 일어날 용기가 나질 않았어
요. 선생님 말씀을 듣고 다시는 콜레라균과 같은 무서운 균이 되
지 않기로 했어요."

선생님은 내 머리를 쓰다듬어 주시면서, "영미야, 정말 너의 착한
마음 고맙다. 앞으로 누구보다도 더 정직해질 너의 마음이 정말 대
견스럽구나."

선생님은 내 손목을 잡으시며, "빨리 교실로 가자꾸나. 반 아이들
께 너의 이 착하고 진정한 반성을 들려줘야겠다."

나는 따스한 선생님의 손가락을 만지작거리면서 교실로 향하여 줄
달음치기 시작했다.

창틈으로 해님이 고개를 내밀며 웃음을 보내 주는 것 같았다.


이 작품은 선생님이 과제로 내어 주는 제목으로 쓴 것입
니다. 이런 종류의 글로서는 아마도 우수한 작품으로 그 어
느 자리에서 상까지도 충분히 받을 수 있는 작품이 아닌가
생각됩니다. 실제로 이런 작품이 상을 받고, 훌륭한 작품으
로 발표되는 일이 너무나 흔합니다.

그러나 또다시 되풀이하는 말이지만 글이란 어린이들이
정말로 그 생활 속에서 느끼고 생각하고 겪은 것을 정직하
게 써야 감동을 줄 수 있는 살아 있는 글이 됩니다. 이러한

글쓰기의 기본 원칙에서 볼 때, 이 글은 아무래도 크게 잘못 되어 있다고 보아야 하겠습니다. 자기의 삶을 정직하게 쓴 것이 아니라 정직한 사람이 된 것처럼 거짓스런 얘기를 꾸며 놓았으니 말입니다.

교실마다 휴지통이 있을 텐데, 코를 푼 종이를 일부러 교실 바닥에 버리는 어린이가 있을까요? 일부러 나쁜 짓을 한 것처럼 해 놓고 다음에는 선생님께 고백하여 정직한 마음을 가진 것처럼 쓴 이 글은, 쓰고 싶어서 쓴 자기의 글이라 할 수 없고, 시킴을 받아서 쓴 남의 글이요, 어른의 글입니다.

언뜻 보기에 처음부터 실제로 겪은 얘기를 쓴 것같이 되어 있지만, 그것은 흔히 이런 따위 만들어 낸 얘기를 쓰는 틀에 맞추어 놓은 것이요, 맞추어 쓴 말들일 뿐입니다.

더구나 선생님이 칠판에 대문짝 크기로 써 놓았다는 "정직, 질서, 창조"라든지, "정의로운 사회 건설" "불신 풍조" "신뢰 사회" 같은 말들은, 선생님들이 이런 교육을 잘해 보인 것처럼 쓰도록 한 것이 되어 있습니다.

또 마지막에 가서는 거짓스런 말이 여지없이 드러납니다. "…… 그땐 정말 일어날 용기가 나질 않았어요. 선생님 말씀을 듣고 다시는 콜레라균과 같은 무서운 균이 되지 않기로 했어요"라고 선생님께 말했다든지, "선생님은 내 머리를 쓰다듬어 주시면서" 칭찬해 주고 손목을 잡아 주셨다든지, "나는 따스한 선생님의 손가락을 만지작거리면서 교실로 향하여 줄달음치기 시작했다"든지, "창틈으로 해님이 고개를 내밀며 웃음을 보내 주는 것 같았다"든지 하는 마지막 말들이 모두 만들어 낸 거짓말로 느껴져 불쾌합니다. 어린 이들이 글을 재주로 머리로 만들어 낼 때는 어떤 글도 거짓이 될 수밖에 없다는 사실을 마음에 새겨 두어야 합니다.

# 3

## 또
## 무엇을
## 써야 할까요

# 겪은 다음에 바로 써야
## 생생한 글이 된다

우리가 쓰는 글은 무슨 큰 사건이 있고 난 다음에야 쓰는 것
이 아니고, 날마다 겪는 평범한 일이나 생각을 쓰는 것이 좋
습니다. 큰 사건은 시간이 오래 지나도 잊히지 않지만, 조그
만 일들은 곧 잊어버립니다. 평생 동안 잊을 수 없는 일도
어쩌다 일어나지만, 한 달쯤 지나면 웬만한 일들은 다 잊게
됩니다. 그래도 며칠 동안은 마음에서 떠나지 않는 일이 몇
가지는 있지만, 그날만 지나면 관심을 갖지 않게 되는 일들
이 대부분입니다. 그래서 글이란 특별한 경우가 아니면 그
때그때 써 두어야 합니다.

어린이 여러분들이 쓴 글에는 때가 오래 지난 얘기를 쓴
것이 많습니다. 때가 오래 지나도 쓸 수 있는 것이 있지만,
그때그때 써야 할 얘기를 오래 뒤에 썼으니 문제가 될 수밖

에 없습니다. 몇 해 전에 외갓집에 갔던 얘기라든지, 몇 달 전에 해수욕 갔던 얘기를 쓴 것도 그렇고, 봄의 얘기를 여름에 쓴 것도 그렇지요. 이런 글들은 그 내용을 다 읽어 보지 않아도, 글이란 특별한 일이나 남들에게 자랑할 만한 얘기를 써야 된다는 잘못된 생각을 가진 어린이의 글이란 것을 알 수 있습니다.

### 서리 손현숙 경북 성주 대서초 5학년

오늘은 아침에 서리가 많이 내려 있었다. 담 위에 고사라니 있었다. 아침에 일찍 일어나 보니 눈같이 생겼다. 나는 서리를 만지니 손이 시러웠다. 그래서 장갑을 찌고 만져 보았다. 논에도 지붕에도 담 밑에도 하얗게 많이 내려 있었다.
나는 그래서 조금만 있으면 겨울이 올 것이다고 생각하였다.
서리는 일찍부터 내렸는데 얼음은 처음 얼었다. 나는 조금 기다리면 썰매를 탈 수 있겠다 생각하였다.
이제 하얗게 덮인 세상이 올 것이다 하며 아침밥을 먹었다. (1983. 11. 21.)

• 고사라니: 고스란히.  • 시러웠다: 시려웠다.  • 찌고: 끼고.

이 글은 이날 아침 첫째 시간에 쓴 것입니다. 오후만 되었더라도 이 어린이가 이 글을 쓰지는 않았을 것 같습니다.

점심시간에 운동장에서 놀았던 얘기 같은 것도 그다음 시간에 쓰지 않으면 잘 쓰기 어려울 것입니다. 이웃집에 불이 났던 것을 본 얘기도 사건 그 자체는 큰 것이지만, 보고 난 바로 다음에 써야 글이 더욱 생생한 실감을 줄 수 있을 것입니다.

### 구름 최성규 경북 성주 대서초 5학년

아침에 일어나면 먼저 구름을 본다. 구름을 보면 구름이 북쪽에서 구름끼리 달리기를 하는 것 같다. 어떤 것은 제일 빨리 가고, 어떤 것은 뒤에서 따라오고 있는데, 어떤 때에는 마주치서 같이 가는 거도 있고, 그래서 같이 가다가 한 구름이 빨리 가서 못 따라갔다. 나는 그래서 보고 있는 데까지 한 구름이 먼저 왔다. 내 속으로 1등, 하고 말했다. 또 한 구름이 왔다. 2등, 하고 말했다. 또 구름이 왔다. 그래서 3등, 하고 마당으로 나가서 놀았다. (1983. 6. 27.)

• 마주치서: 마주쳐서.

아침에 하늘의 구름을 쳐다본 얘기를 쓴 글입니다. 이것도 그것을 본 바로 뒤에 곧 썼습니다. 몇 시간이 지난 뒤라면 쓰지 못했을 것 같습니다.

어린이 여러분들이 자기가 겪은 일을 이야기로 쓰는 글은 대부분 일기글처럼 그날그날 씁니다. 만일 그날 못 쓴 얘기라면 그다음 날에는 써야 합니다. '어제는 아버지와 나, 오빠, 이렇게 셋이서 거적을 덮었다……' 이렇게 시작되는 글처럼 말입니다. 그러니 그때그때 써야 할 글을 이틀이고 사흘이고 지난 뒤에 쓰는 것은 바람직스럽지 못합니다.

다음 글은 어떻게 보아야 할까요?

시장에서 박영희 강원 정선 사북초 6학년

어느 날 엄마랑 같이 시장엘 가게 되었다. 엄마는 파를 살라고 어떤 아주머니한테 물어보니 150원이라고 하셨다. 그러나 엄마는 파값이 비싼지 딴 데로 가셨다. 이걸 보신 아주머니는 기분이 안 좋은 듯이 조그맣게 이런 말씀을 하시는 것이었다.

"이그, 저기 가서 사는구나."

나는 이런 말을 들으니 아주머니한테 미안한 생각이 들었다.

엄마하고 나는 다른 데서 파를 사 가지고 다시 시장으로 들어가게 되었다. 이번에는 우리가 잘 아는 일신상회로 들어가는 줄 알았더니, 내 손을 잡아당기면서 저쪽 가게로 가자고 하셨다. 우리는 그곳에서 시장바구니에 식품을 한가득 넣고 집에 갈라고 하는데, 일신상회 아주머니가 의자에 앉아서 우리를 바라보시는 눈이 매우 차가웠다.

그래서 나는 시장을 나오면서 엄마한테 이런 말을 하였다.

"엄마, 아까 우리가 잘 아는 가겟집에서 사지 왜 다른 데서 샀어? 그러니까 그 가겟집 아주머니가 우리를 바라보시는 눈이 차갑게 느껴졌단 말이야."

엄마는 아무 말 없이 걸어만 갔다.


이 글은 맨 처음에 "어느 날 엄마랑 같이……"라고 썼으니, 글에 나타난 일이 있고 난 며칠 뒤에 썼는지 모릅니다. 어쨌든 여러 날이 지난 뒤에 쓴 글입니다. 그런데 이 글은 여러 날이 지난 다음에 쓸 글이 아니고, 그날 써야 할 글입니다. 그래서 첫머리를 '저녁때 엄마랑 같이……' 하든지 '아침에 엄마랑 같이……' 해서 쓰기 시작했더라면 더욱 좋았을 것입니다. 여러 날이 지난 뒤에 쓴 글인데도 보고 듣고 말하고 생각한 것을 잊지 않고 잘 생각해 내었습니다만, 만약 그날 썼더라면 훨씬 더 좋은 글이 되었을 것입니다.

## 늘 되풀이되는 일도 글이 된다

우리는 날마다 정해진 일과를 되풀이합니다. 아침에 일어나 세수를 하고, 아침밥을 먹은 다음엔 학교에 가고, 학교에서는 정해진 교실, 정해진 자리에 앉아 시간표대로 공부를 합니다. 공부를 마치면 청소, 그러고는 집으로 돌아가지요. 집에 가서도 저마다 하는 일이 대체로 날마다 정해져 있습니다. 저녁밥을 먹고 나서도 그렇지요. 생각하면 우리의 생활은 기계가 돌아가듯 되풀이된다고 할 수 있습니다.

이렇게 되풀이되는 생활도 얼마든지 글이 될 수 있습니다.

학교 가는 길 김경희 초 6학년


나는 학교에 갈 때마다 화를 내게 된다. 왜냐면 동생이 까닭도 없이 울기 때문이다. 나는 그래서 날마다 나 혼자 온다. 엄마는 날 보고 동생과 같이 가라고 한다.

어느 날이다. 비가 많이 왔다. 나는 나 혼자 아주 큰 우산을 쓰고 가자 어떤 아저씨께서 우산을 같이 쓰고 가자고 했다. 나는 같이 쓰고 갔다. 한동안 가는데 아저씨는 발걸음이 빠르고 나는 발걸음이 느리다. 그래서 아저씨께서 빨리 걸어서 아저씨는 우산을 쓰고 가는데 나는 비를 맞으면서 간 일이 있다.

나는 학교에 가면서 울었던 일이 있다. 그날 아빠가 엄마한테 나를 돈 2천 원을 주라고 했는데, 엄마는 천 원밖에 주지 않았다. 그 일은 별것 아니지만 학교에 갈 때 아빠를 만나 눈물이 핑 돌았다.

나는 학교에 갈 때마다 무엇에 보람을 느끼면서 간다. 체육 시간이 들었거나, 도시락 반찬이 내가 좋아하는 것이거나, 내가 좋아하는 과목이 들었거나, 친구의 생일 초대에 참석하는 날이라든가, 여러 가지 재미있는 일 때문에 학교에 가는 것도 되고, 공부를 배우러 가는 것도 50%다.

내가 학교 가는 길은 재미있는 일도 있고 재미없는 날도 있다. 재미가 있는 날은 만약 오늘 피리를 가지고 가야 되는데 친구가 피리를 가지고 오지 않아서 그것이 아주 고소하다. 그러나 그 반대로 친구가 피리를 가지고 가는데 내가 가지고 오지 않았을 때, 학교 가는 길은 재미가 없다.

이것은 어느 특정한 날 학교에 가는 얘기를 쓴 것이 아닙니다. 언제나 가는 학교 길에서 있었던 일들 가운데서 유달리 기억에 남아 있는 일들을 생각나는 대로 쓴 글입니다. 이렇게 쓰지 않고, 어떤 특정한 날에 학교 가는 얘기를 쓸 수도 있습니다. 특정한 날의 얘기를 쓴 글이 더 흔합니다.

### 학교 가는 길 이도재 경북 안동 대성초 3학년

나는 오늘 아침에 어머니한테 밥을 빨리 달라고 졸랐습니다. 그러나 어머니는 밥을 주시지 않았습니다. 나는 그래서 밥도 안 먹고 학교에 갔습니다. 나는 가다가 석주하고 동규하고 같이 갔습니다. 나는 맨날 동규를 부를 때에는 동규라 부르지 않고 똥팔이라고 부릅니다.

나는 "야, 어제 박찬희 그르마, 머, 졌는데 졌다"고 하니까 석주는 "맞어" 하고 말했다.

동규는 "잠탄은 일본놈 그르마가 장갑을 뚫어 놓고 칼을 꼽아 가지고 때렸을걸" 하고 말했습니다.

석주는 "맞어. 안 그머 왜 이마를 때리니까 그대로 이마에 피가 나노" 말할 때, 내가 홍수환이를 말하니까 석주는 "맞어. 홍수환이 그르마 금메달을 많이 따 놓이께내 권투는 생전에 안 한다 왜" 했습니다.

- 그르마: 그놈아. 그놈 아이. • 잠탄은: 어쩌면.
- 안 그머: 안 그러면.

가만히 생각하면 날마다 그 시간 그 길을 같은 동무끼리
가는 것이지만, 결코 어떤 날도 똑같은 일이 되풀이되지는
않습니다. 일 년을 두고도 십 년을 두고도 그럴 것입니다.
아침에 일어났을 때의 일이나, 학교 가는 길에서 있는 일이
나, 공부 시간의 일이나 다 그렇습니다. 그러니 날마다 같은
제목으로 써도 글은 언제나 다를 것이고, 또 달라야 합니다.
이렇게 볼 때, 날마다 기계같이 되풀이되는 생활이 똑같다
고 한 것은 다만 머릿속의 생각으로 그렇게 느끼는 것뿐이
지, 실제로는 늘 새로운 일들을 겪는 것입니다.

따라서 글을 쓸 때 일부러 새로운 것, 신기한 일을 찾아
쓰려고 하는 것은 잘못된 태도이고, 어리석은 짓입니다. 이
런 잘못은 자기가 겪은 일을 자세하고 정확하게 잡을 줄 모
르고 무엇이든지 건성으로 보아 넘기거나 남의 뒤를 따르는
데서 저지르게 되는 것이지요. 꼭 쓰고 싶은 것을 정직하게
쓰기만 하면 언제나 새로운 얘기가 되고 새로운 글이 된다
는 것을 알아 두어야 합니다.

# 평범한 나날의 이야기도 글이 된다

평범하다는 것은 아무 별다른 것, 뛰어난 것이 없다는 말입니다. 더러 선생님과 부모님들이 주고받는 말 속에 "댁의 아이는 그저 평범합니다"라든지 "우리 애는 평범해서요" 하는 말을 들었을 것입니다. 그럴 때 그런 가리킴을 받은 아이가 '나는 아무것도 잘하는 것이 없으니 부끄럽다'고 생각하여 낙심해서는 안 됩니다. 평범한 것이야말로 다행스럽고, 모든 훌륭한 것이 이 평범한 것 안에 들어 있으니까요.

사람들은 모두 공부의 성적이 남달리 뛰어나기를 바랍니다. 그러나 장차 큰사람이 되어 큰일을 해낼 수 있는 사람은 어릴 때부터 점수 많이 따고 상 타고 하는 공부에 매달리지 않습니다. 그래서 언뜻 보기에 아주 평범한 아이 같지요. 이렇게 평범하게 보이는 아이야말로 가장 어린이다운 어린이라 할 수 있습니다. 뛰어난 정신을 가질 수 있는 어린이는 모두 평범하게 보입니다.

글도 마찬가지라 생각됩니다. 무슨 별난 제목에 별난 내용을 써 보이려고 하는 것은, 사실은 그 마음이 너무 보잘것없어서 글을 쓸 만한 사람이 못 되기 때문입니다. 그래서 남들 흉내를 내느라고 별난 것과 자랑스러운 것을 찾고 거짓을 꾸미고 합니다. 그것은 마치 요란스럽고 사치한 옷을 입고 다니면서 사람들의 눈을 끌려는 사람들과 같습니다. 자기 생활과 자기 마음을 소중하게 여기는 사람은 자신의 평범한 생활 속에서 기쁨을 찾고, 참된 이치를 깨닫습니다. 평범한 것이야말로 우리의 자랑이어야 합니다.

여기 아주 평범한 얘기를 쓴 글을 들어 봅니다.

공부 시간에 정영란 경남 통영 풍화초 5학년

우리 교실에 '나라 사랑'이라는 글자 위에 구멍이 있다. 공부 시간이 되면 그곳이 자꾸 눈에 띈다.

가만히 지켜보면 그 구멍에서 벌이 나갔다가 들어왔다가 한다. 그 구멍을 막아 버리면 어떻게 될까? 아마 죽을 것이다. 그러니 그 구멍을 막지 않고 놔두었으면 한다.

공부 시간마다 쳐다보는 교실의 벽, 그 벽에 난 구멍을 드나드는 벌—이렇게 평범한 것도 글감이 될 수 있습니다.

**첫추위** 황정미 경북 성주 대서초 5학년

난 겨울이 다가올수록 걱정되는 게 있다. 옷 문제다. 작년까지만 해도 두둑한 잠바 하나가 있었는데, 작년에 잃어버렸다. 그래서 어머니께 꾸지람을 들었다. 어쩌다가 잃어버렸는지 도무지 생각이 나지 않는다. 어머니께 잠바를 하나 사 달라고 하면 "작년에 그 잠바는 어쩌고 사 달라는 거냐?" 하고 화를 내신다. '사람이 살다 보면 무엇을 잃어버릴 때도 있고 주울 때도 있을 텐데 그까짓 잠바 하나 잃어버렸다고 되게 하신다'라고 생각한다. 난 추울 때면 오빠 잠바를 입는다. 크지만 할 수 없다. 나에게는 두둑한 옷이 없기 때문에 이제는 점점 추워지고 있는데 어머니가 내 잠바를 사 주면 고맙겠다. 오늘도 학교 오는 도중에 귀가 시리고 손발이 꽁꽁 어는 것 같았다. (1984.)

어머니가 잠바를 사 주었으면, 하는 생각—일상생활의 이런 평범한 일이나 생각이 소중한 글감입니다. '쓸거리가 없다'고 하는 것은 자기를 모르고 글을 모르고 마음이 엉뚱한 곳에 가 있기 때문이지요. 정신이 딴 곳에 팔려 있기에 바로 눈앞에 있는 것, 자신이 가지고 있는 것을 보지 못하고 깨닫지 못합니다.

다음과 같은 글도, 도시의 어린이고 농촌의 어린이고 누구든지 쓸 수 있을 것입니다.

가겟집 장차동 경북 성주 대서초 4학년

나는 전에는 가겟집에 자주 갔지만 요새는 가끔 간다. 나는 가겟집에 가면 콘을 사 먹으로 가면 위에 점빵에 가고 과자를 사 먹으려고 하면 아래 점빵에 간다. 그러나 아래 점빵에 자주 가는 편이다. 내가 아래 점빵에 가는 이유는 아래 점빵 주인이 나에게 자주 친절히 해 주고 돈이 50원쯤 모자라도 아래 점빵 주인은 괜찮다 하면서 가져가라 한다. 그러나 위에 점빵에는 돈 10원이 모자라도 안 된다 한다. 나는 얼마 전에 200원으로 샤프심 한 통하고 삼각자를 샀는데, 20원이 모자라는데 밑에 점빵 아주머니는 그냥 가지고 가라 하셨다. 나는 밑에 점빵이 위에 점빵보다 마 더욱더 좋다. (1983. 5. 2.)

• 점빵: 가게.  • 마: 그냥.

가게에서 연필 한 자루 산 것도 그대로 자세하게 쓰면 좋은 글이 됩니다. 글을 쓸거리는 얼마든지 있는 것이지요.

# 자기만 알고 있는 이야기가
# 글이 된다

여러분은 남들이 빨간 옷을 입고 있으면 자기도 빨간 옷을 입고 싶어 합니까? 옷이고 양말이고 신발이고 가방이고 남들이 많이 가지고 있는 것을 저도 가지고 싶어 하는 마음은 유행을 따르는 마음입니다. 세상을 바르고 참되게 살아가려는 든든한 마음이 서 있지 않은 사람은 유행을 따르려고 합니다. 옷이나 신발 같은 것뿐이 아닙니다. 책도 남들이 보는 책만 읽고 싶어 하는 것은 제정신이 없거나 정신이 허약한 탓입니다.

글을 쓰는 경우도 마찬가지이지요. 흔히 남들이 쓰는 얘기를 남들이 쓰는 말투로 쓰는 것은 좋지 않습니다. 그런 글은 죽은 글입니다. 개성(자기만의 성격)이 없으니까요. 남의 것을 흉내 내지 않고 애써 자기만이 가진 생각을 쓰려고 해도 어느새 남의 것을 닮아 버리기가 예사인데(이렇게 저도 몰래 닮아 버리는 것은 괜찮겠지요) 스스로 남의 것을 닮으려고 해서야 되겠습니까. 그러한 태도는 귀중한 제 목숨을 버리는 것과 같습니다.

그러니 될 수 있는 대로 남들이 쓰지 않을 것 같은 얘기, 자기만이 알고 있는 얘기를 (제목은 같더라도) 자기만의 생각으로 쓰는 것이 좋습니다.

### 돈에 대하여 박영찬 경북 영천 영화초 6학년

방학 때 돈치기를 하였는데 짤짤이와 낙장 그리고 카드로 하였다. 카드로는 태우고, 걸고 하였다. 껏수나 때이, 기차, 스로가 있다. 처음에는 이백 원쯤 잃었다가 또 이백 원을 땄다가 결국은 천 원을 잃었다.

다음 날 동용 집에서 했다. 오늘도 이백 원을 잃었다. 내일은 꼭 따기로 생각했다.

오늘이 다음 날이다. 오늘은 전에 잃었던 천이백 원이 돌아오고 백 원을 땄다.


돈 따먹기를 한 얘기인데, 좋은 놀이라고 할 수 없지만, 이런 짓은 좋지 않으니 글로는 안 써야지, 하고 남들이 덮어 감추는 것을 솔직하게 썼다는 점에서 대단히 좋습니다. 돈치기 놀이에서 쓰는 말들도 이 글에서 처음 알겠습니다.

### 군것질 박지숙 경북 성주 대서초 6학년

나는 숙직실 청소를 하면 매일 과자 봉지가 쌓여 있다. 정말 기분이 나빴다. 선생님들께서도 과자를 사 먹으시면서 우리는 사 먹으면 이름 적으라는 것이다. 선생님도 선도 일지에다 이름을 적고 싶다. 또 집에 갈 때도 선생님께서는 아이스크림을 사 잡수신다. (1983. 4. 11.)

이것은 군것질 문제를 얘기한 글의 마지막 부분입니다. 선생님이 보시게 될 글에다 선생님들의 행동을 비판해 놓았습니다. 쓰고 싶어도 좀처럼 쓰지 못할 글이어서, 귀한 작품이라 하겠습니다.

### 나머지 공부 황인선 경기 안양 안양동초 4학년

나는 언젠가 산수 시험이 틀려서 나머지 공부를 한 번 한 적이 있다. 그날은 비가 막 쏟아졌다. 그래서 엄마가 동생에게 우산을 갖다 주라고 했는지, 동생이 우산을 가지고 내가 나머지 공부를 하고 있을 때 왔다.

나는 동생에게 빨리 우산을 받고 나머지 공부를 계속하는데 동생이 안 가고 구경하고 있어서, 나는 내 동생에게 왜 빨리 안 가고 있느냐고 막 그랬다. 그러니까 비가 와서 안 간다 해서 그래도 막 가라 하다가, 그럼 복도에서 가만히 있으라 했다. 나는 동생이 내가 나머지 공부 하는 것을 알까 봐 부끄러워서 열심히 문제를 풀어서 선생님에게 가서 줄을 서서 검사를 받은 다음 합격을 하였다.

동생은 복도에 있는지 보이지 않았다. 책가방을 챙기고 복도에 가 보니 거기서 유리창에 손가락으로 낙서하며 놀고 있었다. 동생이랑 같이 집으로 돌아와 옷을 갈아입었다. (1981.)


나머지 공부를 하고 있는 사실을, 우산을 가져온 동생이 알까 봐 빨리 가라고 했다는 얘기입니다. 보통의 아이들이라면 부끄럽다고 잘 쓰지 않을 것 같은 이런 얘기를 솔직하게 쓴 태도가 훌륭합니다. 글이란 이와 같이 자신을 숨김없이 드러내어 보여야만 읽을 맛이 나는 좋은 글이 되고, 글을 쓴 사람의 마음도 자라나게 됩니다.

# 솔직한 자기 이야기가 글이 된다

자기가 가장 잘 알고 있는 것을 쓰라고 하면 흔히 누구나 쓰게 되는 것이 자기 자신에 관한 얘기입니다. 남의 사정, 남의 행동, 남의 생각은 잘 모르지만 자기 자신에 대한 것이라면 누구나 잘 알고 있다고 생각하기 때문입니다. 자기의 얘기에서는 자기가 한 일, 잘못한 일, 버릇, 취미, 억울한 처지, 자기소개, 지난날의 얘기…… 같은 것이 있습니다. 이 중에서 여러분들이 저학년 때부터 흔히 쓰게 되는 것은 식구나 동무들 관계에서 자기 처지를 밝히는 글이나, 억울한 일을 당한 얘기입니다.

서러운 둘째 딸 김혜숙 경기 의정부 가능초 5학년

나는 우리 집에서 둘째 딸입니다. 언니는 첫째고 내 동생은 하나뿐 인 아들입니다. 엄마는 언니하고 동생한테만 옷이나 장화를 사 주 십니다. 나는 언니한테 옷을 물려받아 입습니다. 내 동생은 남자니 까 엄마가 사 주십니다.

요번에는 엄마가 언니에게 잠바와 코트, 털신을 사 주었습니다. 내 동생에게는 귀막이와 털신을 사 주었습니다. 그러나 나에게는 아 무것도 사 주시지 않았습니다. 작년에 신던 털신이 내 발에 맞기 때 문입니다. 그리고 작년에 입던 코트도 떨어지지 않았다고 그냥 입 으라고 하셨습니다.

사실 우리 집에서 내가 절약을 제일 잘하는 것입니다. 내가 다시 태 어난다면 첫째로 태어나고 싶습니다. (1982.)

이 글은 자기가 둘째 딸이 되어 천대를 받고 있다는 사연 을 쓴 것입니다.

다음은 자기의 버릇을 쓴 글 한 편을 들겠습니다.

버릇 유승구 서울 송정초 6학년

나는 버릇이 한 가지 있다. 학교에서 무엇인가를 만지거나 옆에 있 는 애와 이야기를 안 하면 좀 허전하다.

나는 이 버릇이 5학년 때부터 시작되었다. 하루는 종이로 쉬는 시간에 무엇을 만들었다. 그래서 공부 시간에 짝과 그것을 가지고 놀았다. 또 그다음 날에도 놀았다. 그렇게 하다 보니 버릇이 되었다.

그래서 6학년 1학기 때 그 버릇을 고쳤는데, 다시 2학기 때 꼼지락하는 버릇이 생겼다.

나는 선생님한테 주의도 많이 들었는데 그 버릇이 잘 안 고쳐진다. 나는 이 버릇을 고쳐 보기 위해 똑바로 정신을 차려도 다시 흐트러져 무엇을 만지게 된다.

그리고 선생님 말씀하시는 게 무엇이 무엇인지를 잘 모르겠다. 나는 이 버릇이 고쳐지기 전에는 공부를 못 할 것 같다.


누구나 자기의 버릇이 있는 것은 알지만 그것을 자세히 살펴서 써내기란 힘듭니다.

또 다음과 같은 얘기는, 우리도 이와 비슷한 행위를 흔히 할 것 같은데 좀처럼 글로는 쓰지 않는 것입니다.

### 꾀병 방성례 경북 성주 대서초 6학년

나는 어제 아침을 먹고 아버지가 나에게 돈을 줄까 봐 꾀병을 부렸다. 나는 "아구, 배야!" 하고 소리를 치니까 어머니가 들어오시더니 "성례야, 어디 아프냐?" 하셨다. 나는 배가 아프다니까 어머니는 약을 사 가지고 올 테니 여기 누워 있어라고 하셨다. 나는 약 안 먹는다고 하였다. 그럼 여기 가만히 누워 있어 하시면서 나가셨다. 나는 왜 돈을 주지 않을까 하였다. 나는 한참 누워 있으니까 자꾸 놀러 가고 싶었다. 나는 살그머니 금순네 집에 놀러 갔다 오니까 어머니가 "너, 돈 줄까 봐 꾀병 부렸지?" 하였다. 나는 아니라고 하면서 방으로 들어갔다. 나는 책상 의자에서 가만히 생각해 보니 내가 잘못을 했다. 앞으로 꾀병을 부리지 않겠다고 생각했다.

이 글이 잘된 점은 남들이 쓰지 않는 꾀병 부린 얘기를 조금도 숨김없이 정직하게 쓴 점입니다. 사람의 정신이 앞으로 나아가려면 자기 자신을 바로 보고 그것을 글로 솔직하게 쓸 수 있어야 합니다.

# 다른 사람 이야기도 글이 된다

여러분이 쓰는 글의 대부분은 자기가 한 일을 쓴 것입니다.
동무들과 놀았던 일, 공부, 심부름, 논밭에서 한 일, 장래에
대한 생각…… 이런 것은 모두 자기 자신의 이야기입니다.
그런데 이와 같은 자기 얘기를 제대로 잘 쓰려면 남의 얘기
도 함께 써야 할 경우가 많고, 또 아주 자기를 떠나서 남의
얘기만을 쓸 수도 있습니다. 사람은 이 세상에서 혼자 살 수
가 없습니다. 아주 어려서부터 형제끼리, 이웃 어린이들끼
리 같이 놀고 공부하며 살아갑니다. 그러니 따지고 보면 남
의 얘기를 하는 것이 자기 얘기를 하는 것이고, 자기 얘기
가 또 모든 사람의 얘기로 되는 것이고, 그렇게 되어야 합니
다. 따라서 자기가 한 일뿐 아니라 남들이 하는 일, 남의 얘
기도 많이 쓰는 것이 좋겠습니다. 내 동무, 앞집 아저씨, 길

에서 본 사람, 시장에서 본 사람, 공사장에서 일하는 아저씨, 버스(기차)를 타고…… 이런 제목으로 온갖 사람들의 이야기를 쓸 수가 있을 것입니다.

다음은 친구 이야기를 쓴 글입니다.

중언이 오해수 경남 거창 샛별초 3학년

아침 자습을 하고 할아버지 점방에서 수첩을 사려고 하니까 중언이가 50원을 빌려 달라고 했다. 그래서 안 빌려준다 하니까 자꾸 따라왔다. 그래서 할아버지 점방에 가서 수첩을 샀다.

그런데 중언이가 본드를 꺼내어 물어보려고 하니까 할아버지가 중언이의 뺨을 때렸다. 본드를 훔치는 줄 알고 때렸나 보다. 나는 훔치지 않았다고 말을 할라 그랬는데 그럴 용기가 나지 않았다.

(1991. 4. 15.)

• 점빵: 가게.

어느 날 아침에 있었던 일을 쓴 글인데, 짧은 글이지만 중언이 모습이 잘 나타나 있습니다. 할아버지께 말을 해 주지 못한 것은 정말 용기가 없군요.

다음 글은 어떤지 잘 살펴봅시다. 이야기글뿐 아니라 시에서도 남의 얘기를 쓸 수 있습니다.

## 오미집 어떤 아이 김지은 경기 안양 안양동초 4학년

내가 오미집 식당에 갔을 때

어떤 남자아이가

어른들이 시키는 일에 시달리고 있었다.

한쪽 눈은 감겼고

우리 또래와 같은 아이.

나는 걔하고 친구가 되고 싶어요.

그 아이를 돕고 싶어요. (1981.)


처음 보는 아이와 친구가 되고 싶다고 했습니다. 그것은 그 아이가 공부를 잘하거나 얼굴이 예쁘거나 좋은 옷을 입어서 그런 마음이 든 것이 아닙니다. 한쪽 눈이 감겨 있고, 남의 집에서 어른들한테 시달리고 있어서 그 아이 편이 되어 돕고 싶다고 한 것입니다. 이런 마음을 사람다운 마음이라고 하지요. 이런 사람다운 마음이 시를 쓰게 했습니다.

자기 자신을 조용히 살펴보는 일은 중요하지만, 그렇게 언제까지나 자신만을 들여다보면서 그 안에 갇혀 있으면 그 사람의 세계가 좁아지기 쉽습니다. 그래서 자신을 똑바로 살펴보는 마음과 함께, 한편 바깥으로 눈을 돌려 남을 바라볼 필요가 있습니다. 남의 삶을 보고 생각하는 가운데서 자기 자신을 더욱 잘 깨달을 수 있는 것이고, 자기를 잘 붙잡는 것이 또 남을 바로 보는 눈을 가지게 합니다.

남을 얘기할 때는 좋은 점을 말하는 경우와 좋지 못한 점을 비판하는 경우의 두 가지가 있습니다.

### 우리 반 순덕이 주혜라 경남 거창 샛별초 5학년

순덕이, 순덕이.

이름부터 참 좋다. 순덕이는 참 순하다. 아주 순해서 순덕이라고 불렀다고 한다.

순덕이는 학교에서 집에 돌아가면 아무도 없다. 까만 똥개 한 마리가 있을 뿐이다. 순덕이는 똥개와 이야기를 나눈다. 순덕이는 밥을 제 손으로 짓고, 반찬도 자기 손으로 만든다. 계란찜, 쥐포볶음, 오이채국, 이런 요리들을 한다.

나는 이렇게 생각한다. 아마 순덕이는 시집가서 살림살이도 잘하고, 집을 깔끔하게 잘해 놓고 살 것이다.


이 글은 마음이 착한 동무의 얘기를 쓴 것입니다. 착한 사람의 얘기를 하는 것은 자기도 그런 사람이 되고 싶어 하는 것이지요.

그러나 남의 잘못을 얘기할 수도 있습니다. 더구나 자기보다 힘이 세거나 공부를 잘하거나 윗자리에 있다고 생각되는 사람의 잘못은, 그것을 모른 척하여 덮어 두지 말고 말해 주는 것이 옳고 훌륭한 태도입니다.

다음 글을 읽어 보세요.

요즘 우리들 이영선 서울 신길초 6학년

선생님은 우리들을 보고 실내화를 신고 밖에 나가지 못하게 했는데, 그래서 주번까지 세우는데, 선생님들, 교장 교감 선생님들이 실내화를 신고 돌아다니는 것을 보았다. 여기서 선생님들도 우리들한테만 그럴 것이 아니라 선생님들부터 지키신 다음에 실천이고 무엇이고 했으면 좋겠다.

어른들, 그 가운데서도 더구나 선생님들의 잘못을 말하는 글은 좀처럼 쓸 수가 없습니다. 그래서 이런 글은 귀하고 가치가 있습니다. 만약 이름을 밝히지 못하더라도 쓰고 싶은 것은 써야 합니다.

남의 약점을 말하는 것이 아니고, 그 약점을 도리어 깊이 이해하는 글도 쓸 수 있습니다. 사람의 결점이나 불행을 업신여기거나 비웃지 않고 그것을 이해해 주고 따뜻한 마음으로 감싸 준다면 얼마나 좋을까요? 다음은 울보라고 놀림을 당하는 아이를 친구로 둔 아이가 쓴 글입니다.

## 나의 친구 기성이 남연경 경기 부천 약대초 6학년

5학년 마지막 학기가 끝날 무렵 부천으로 이사 오지 않으면 안 되
게 되었다. 5학년 내 짝은 김기성, 나하고 친한 친구였다. 남이 볼
때 우리 둘은 친형제처럼 친하다. 기성이는 얌전하고 거짓말도 안
하는 착한 아이다. 내가 기성이에게 부천으로 가게 되었다고 말했
을 때 놀라며 눈물을 글썽이던 모습을 지금도 잊을 수 없다.
기성이네 집에 가면 기성이 어머니가 반겨 주시며 친하게 지내라고
말씀하실 때에는 나는 "예" 하고 대답한다. 기성이와 나는 숙제도
같이 하고 무엇을 할 때도 기성이와 꼭 같이 한다.
그런데 기성이는 다 착한데 눈물이 너무 많다. 그래서 아이들은 기
성이에게 울보라고 놀릴 때마다 내가 놀리지 말라고 한다. 기성이
에게 "기성아, 아무 데서나 울지 말고 정 슬플 때만 울어" 하고 말
하면 "알았어" 하고 대답한다.


얌전하고 정직하고 착하지만 눈물을 잘 흘려서 놀림감이
되어 있는 아이. 이런 아이 편이 되어 주는 마음은 참으로
아름다운 마음이지요.

# 도시 어린이가 쓰는 글

도시의 어린이들은 흔히 쓸거리가 없다고 말합니다. 그래서 쓰는 글의 제목이나 내용이 너무 비슷하고, 보는 눈과 생각이 좁습니다. 이것은 도시에 자연이 없고, 길이고 차고 집이고 집 안의 모든 물건들이 사람의 손으로, 아니 기계로 만들어 놓은 것이기 때문입니다. 공원조차 기계로 찍은 듯 만들어 놓았고, 새들과 동물들도 갇혀 있습니다. 여기서 사람의 생활이 기계같이 돌아가지 않을 수 없지요.

어른들은 그렇더라도 어린이들만은 자유롭게 놀고 무엇을 만들고 생각하면서 살아가야 할 텐데, 어른들은 어린이들까지 가두어 놓고서, 판에 박은 재미없는 공부를 억지로 시킵니다.

환경과 생활이 이러니 글을 써도 비슷하게 되고, 개성이 없습니다. 또 도시의 어린이들 가운데는 나날의 평범한 얘기를 쓰지 않고 무슨 별난 경험이라야 글이 된다고 생각하는 어린이가 많습니다. 생일잔치, 소풍, 여행, 어쩌다가 시골 외갓집에 갔던 얘기—이런 것이라야 훌륭한 글감이 된다고 생각하는 것은 자기들의 일상생활에 만족을 느끼지 못한 때문이기도 하고, 남들이 보기 좋은 것, 자랑거리가 될 만한 것을 써야 한다고 잘못 생각하기 때문입니다. 이것이 모두 병든 도시 바람이지요. 그리고 또 글을 이렇게 쓰도록 잘못 가르치고 있기도 합니다.

그러나 잘 살펴보면 도시 어린이들에게도 쓸거리가 얼마나 많이 있는지 모릅니다. 학교와 집에서 날마다 겪는 일, 길거리에서 보고 들은 것을 얼마든지 쓸 수 있습니다.

우리 집의 하루 김현아 서울 송정초 6학년

나는 날마다 6시에 일어나야 한다. 왜냐하면 우리 집은 콩나물 장사를 하기 때문이다. 그래서 아버지께서는 새벽 3시나 4시에 일어나시고 어머니께서도 아버지와 함께 일어나셔서, 아버지께서는 콩나물 배달을 하시고 어머니께서는 콩나물을 씻고 오빠도 콩나물을 동네 가게에 배달하고 나서 집에 와서 학교에 간다.

나는 6시에 일어나서 방 청소를 하고 오빠 밥을 차려 준다. 우리 집은 동생만 아무것도 안 할 뿐 아니라 매일 7시 넘어서 일어난다. 나는 내 동생을 부러워할 때도 많다.

나는 다른 아이들처럼 7시에 일어나지 못한다. 왜냐하면 내가 늦게 일어나면 방 청소도 못 하고 오빠 밥을 늦게 차려 주기 때문이다. 또 어머니께서는 새벽에 콩나물을 씻고 나서 밥도 하고 설거지도 한다. 나는 그때마다 어머니께서 콩나물 장사를 안 하시고 집에서 밥이나 하시고 계셨으면 좋겠다고 생각할 때가 많다. 아버지께서도 새벽에 일어나시지 말고 6시에나 일어나셨으면 좋겠다.

나는 가게에 콩나물을 갖고 오라는 전화가 오면 가기가 싫고 창피하다. 나도 모르게 그런 생각이 들곤 한다. 또 학교에서 아이들한테 말하기도 싫다. 콩나물 장사라는 것을 떳떳하게 말하고 싶지만 아이들이 놀릴 것만 같고 그래서 나는 싫다.

나는 우리 집이 다른 집들보다 일찍 일어나고 하는 것이 싫고, 돈을 많이 벌어서 가게를 차렸으면 좋겠다. (1982.)


이와 같이 자기 집에서 하는 일, 부모와 형제들이 하는 일을 누구나 쓸 수 있을 것입니다.

다음은 신문을 돌리는 어린이가 쓴 글입니다.


나의 불만 강명규 경북 울산 선암초 5학년

나는 개가 참 불만이다. 신문을 돌릴 때 개가 있으면 신문 돌리기
가 곤란하다. 겁난다.

또 나의 불만은 신문값 수금하러 가면 사람이 어데 갔부고 없다.
그래서 수금을 못 하면 총무한테 마라 캐인다. 또 수금하러 가믄
이사를 갔부고 없다. 그래서 수금을 못 한다.

또 나의 불만은 신문 돌리다가 늦는 수도 있다. 그래서 늦게 가면
늦게 온다고 꾸중을 듣는다. 나는 참 불만이 많다.

　• 갔부고: 가 버리고. 　• 마라 캐인다: 꾸중 듣는다.


　자기의 생활에서 불만이나 괴로움은 누구에게나 있습니
다. 그런 얘기를 이렇게 쓰면 판에 박은 듯한 맛없는 글이
되지는 않을 것입니다. 괴로운 일이나 걱정거리를 안 쓰는
것은 정직하지 못하기 때문이지요.

# 농촌 어린이가 쓰는 글

시멘트 벽돌집 안에 갇혀 있거나, 거기서 나오더라도 좁은 땅에서 살아야 하는 도시 어린이와는 달리, 농촌의 어린이들은 넓은 자연 속에서 삽니다. 자연은 들이고 산이고 골짜기고 물이고, 그 속에 있는 바위고 돌이고 나무고 풀이고 동물이고 곤충이고 오만 가지가 다 다릅니다. 같은 것은 하나도 없지요. 그런 자연 속에서 살고 있는 어린이들은 행복하다고 할 수 있습니다.

농촌 어린이들이 가장 많이 쓰는 글감은 아마도 일을 한 것이겠지요. 부모님들은 농사일을 하고 있으니, 논밭에서 산에서 또는 집에서 부모님들을 도와 일을 하지 않을 수 없습니다. 그 일은 봄부터 여름을 지나 가을까지, 요즘은 겨울철에도 하게 되어 있습니다. 농사일 돕기는 힘들고 괴롭지만, 때로는 재미도 있습니다. 사람이란 어려서부터 일을 해야만 몸과 마음이 단련되고 사람다운 심성을 지닐 수 있습니다. 도시 어린이들이 숙제와 학원 공부에 시달리고 전자오락 놀이에 빠져 있을 때, 농촌 어린이들은 들과 산에서 일과 놀이가 하나로 된 생활을 하면서 사람답게 살아가는 태도와 생각을 온몸으로 배우고 있습니다.

## 거적 덮기와 벗기기 장진순 경북 성주 대서초 6학년

요즘은 저번처럼 바쁘지는 않다. 거적을 덮기 때문에 저녁에 팔이 쑤신다. 그건 거적을 덮을 때 팔을 많이 움직이기 때문에 팔이 참 아프다. 하지만 나는 학교에서 늦게 돌아오기 때문에 엄마와 호동이, 아버지가 덮는다. 그래서 엄마는 저녁에 팔이 아프다고 하신다. 우리는 일요일이 되면 집안 식구 모두가 거적을 벗기기 때문에 별로 팔이 안 아프다.

거적은 참외들의 이불과 같은 일을 한다. 아침에 벗겨서 따뜻한 햇볕을 받게 하고, 해가 저무는 저녁때에 거적을 덮어 추위를 막는다. 비가 올 때는 거적을 안 벗긴다. 하지만 비가 조금 올 땐 거적을 벗긴다. 비가 온 다음 날 거적 벗기기와 덮기는 무척 힘들다. 그건 비 때문에 거적이 물에 젖어 무겁기 때문이고, 또 비가 오고 나면 고랑에 물이 차여 거적 덮기가 무척 곤란하다.

우리는 이렇게 봄에는 거적 덮기와 벗기기를 하지만, 여름에는 거적을 내기 때문에 거적은 안 덮는다. 하지만 다른 일이 또 기다리고 있다. (1984.)

이 글은 참외 농사를 하는 농촌에서 봄에 거적을 덮고 걷는 얘기를 쓴 글입니다. 이 아이는 이런 일을, 시킴을 받아 기계같이 하는 것이 아닙니다. 그 일을 왜 하는가, 일을 하는 데는 어떤 어려움이 있는가, 그 힘든 일을 자기 집에서는 어떻게 하고 있는가…… 하는 것을 잘 알고 있으며, 자기가 마땅히 걱정해야 할 일이라 생각하고 썼습니다. 이렇게 하여 농촌 어린이들이 일을 한다는 것은 마음을 키워 가는 공부가 되는 것입니다. 일을 하는 것은 괴롭기도 하지만 즐겁기도 합니다. 더구나 어린이들이 적당히 일을 할 때는 그것이 놀이로도 될 수 있으니 말입니다.

또 자연 속에서 살고 있는 농촌 어린이들은 집에서 기르는 짐승들을 한 식구같이 여깁니다. 살아 있는 모든 것들이 서로 관계를 맺고 있는 자연의 참이치로 살기 때문입니다.

까불이 우리 집의 송아지 박수정 경북 성주 대서초 6학년

우리 집에는 소와 송아지가 있다. 우리 송아지는 낳은 지 몇 달 안

됐다. 그래서인지 사료를 잘 안 먹는다. 우리는 송아지를 처음 얻어 봤다. 이때까지 소를 사 봤지만 송아지를 한 번도 얻어 보지 못했다. 그래서 아버지께서는 장에 가셔서 송아지 배은 소를 사 가지고 왔다. 그때 사 가지고 온 소가 지금 송아지를 낳은 소이다.

송아지는 남자다. 남자는 황소, 여자는 암소이다. 그러니까 우리 송아지는 황소이다. 우리 송아지는 황소이기 때문에 황소 흉내를 낸다고 팔짝팔짝 뛰고, 양동이를 머리로 밀면서 넘어뜨리고 한다. 그래도 엄마 아버지께서는 사료를 안 먹는다고 걱정하신다. 엄마는 처음 송아지를 얻어 봤기 때문에 송아지를 귀여워한다. 송아지의 눈은 동그랗고 입은 조그만하다. 나는 소와 송아지 이름을 지어 주었다. 소의 이름은 꼬야, 송아지 이름은 꼬끼라고 지었다. 나는 소죽을 끓이면서 "꼬끼야, 여기 온나" 하면서 손을 짝 벌려 펴 주면 새로 빨아 먹는다. 이때는 손이 간질간질하여 못 견딘다.

어떨 때에는 꼬끼가 미울 때도 있다. 사료를 안 먹고 소죽 끓이려고 나무 가지고 오면 나무를 자꾸 먹을려고 한다. 이때는 꼬끼가 밉다. 꼬끼는 사료를 안 먹으니까 몸이 바싹 말랐다. (1983. 5. 23.)

• 배은: 밴. • 새: 혀.


  소와 송아지에게 이름을 지어 주고 이렇듯 친근한 정으로 대하는 것은, 농촌 어린이가 아니면 할 수 없겠다는 생각이 듭니다.

# 자연과 함께하는 마음이 글이 된다

자연은 우리 사람이 살고 있는 터전입니다. 사람은 자연 속에 나서 다시 그 자연으로 돌아갑니다. 그런데 사람들이 많이 모여 사는 도시는 자연을 없애고, 자연을 없앤 자리에 자연을 흉내 낸 가짜 자연을 만들어 놓고 있습니다. 물이고 공기고 땅이 더럽혀진 도시에서 사람들은 편리하고 편안한 것만 찾으면서 정신없이 살고 있습니다.

요즘은 농촌도 도시를 닮고 있지요. 그래서 자연의 참모습을 알고, 자연의 아름다움을 볼 줄 아는 사람이 아주 드뭅니다. 다음은 자연을 얘기한 글들인데, 이런 글은 이제 농촌 어린이들에게서도 좀 드물게 볼 수 있는 귀한 글이 되었습니다.

132

## 벌레 우는 소리 정진욱 경북 성주 대서초 5학년

어젯밤에 마당에 나오니까 벌레 우는 소리가 들렸다. 스르르륵 하는 소리가 들렸다. 소리가 나는 곳으로 가니 여치였다. 여치를 잡으니까 울지 않았다. 배가 무척 물렁물렁하였다. 입에서 찝개가 달려 있었다. 그 찝개에 손가락을 대니까 물려고 하였다. 여치를 보내 주고 나서 앉아 있으니 귀뚜라미 우는 소리가 들렸다. 큰 돌 아래에서 나는 소리였다. 돌을 살그머니 드니까 무척 큰 귀뚜라미였다. 한 2cm는 넘어 보였다. 잡지는 않았다. 돌 위에 앉아 있으니 벌레 우는 소리가 들렸다. 무척 아름다운 소리였다. 벌레 우는 소리는 농촌에서 듣기 쉽지만 도시에서는 듣지 못한다. 나는 농촌에 있는 것이 좋다.

• 찝개: 집게.


벌레 우는 소리를 듣고서 아름답구나, 저런 소리를 들을 수 있는 것이 다행이구나, 하고 생각하는 어린이입니다. 정말 가을밤에 우는 풀벌레들 소리만큼 아름다운 소리가 또 있을까요? 자연의 소리를 들을 줄 아는 사람은 행복합니다.


## 해 질 무렵 김희정 경북 의성 의성초 5학년

오늘따라 저녁이 왜 이렇게 밝을까?

저 서쪽 하늘에 붉게 물든 저녁놀. 누가 색칠을 하지 않아도 붉게 된 저녁놀. 나와 내 동생은 저녁놀을 무척 좋아한다.

어느 날의 일이다.

마루에서 밥을 먹다가 갑자기 밝게 되었다. 모두들 뛰쳐나와 서쪽 하늘을 한없이 바라보았다.

얼마나 바라보았을까? 저녁놀이 없어지고 밤하늘엔 별이 총총 떠 있었다. 밥 먹으려고 마루에 가니까 밥상이 부엌에 가 있었다.

어머니께서는 우리들이 밥 먹는 태도가 되어먹지 않았다고 하시면서 오늘 저녁은 굶으라고 하셨다. 내 동생과 나는 이불을 덮어쓰고 한참 화를 내다가 그만 잠이 들었다.

또 아침이 되고 저녁이 되었다. 그런데 웬일일까? 오늘은 저녁놀이 보이지 않았다.

철없는 내 동생은 "오늘은 저녁놀이 깊게 잠을 자는구나. 어제 늦게 동안 물이 들어 피곤해서 잠을 자는구나" 하고 말했다.

그렇게까지 말할 정도로 우리들은 저녁놀을 좋아했다. 나는 저녁놀을 향하여 "저녁놀아! 저녁놀아! 아름다운 저녁놀아! 내일도 모레도 저녁놀이 끼어 내 마음을 기쁘게 해 다오!" 하고 힘차게 외쳤다.

이 글은 저녁놀을 쳐다보고 아름답다고 느꼈을 때 그 아름다운 색깔과 모양을 본 대로 좀 자세하게 썼더라면 얼마나 좋았을까 싶은데, 그런 표현이 없는 게 아쉽습니다. 그러나 저녁놀이 얼마나 아름답다고 느꼈으면 밥을 먹다가 뛰쳐나가 하늘을 쳐다보았을까요? 하늘의 노을을 쳐다보고 아름답다고 생각하는 어린이가 있다는 것은 참으로 반가운 일입니다.

### 강아지와 나 김명숙 경북 안동 대성초 5학년

우리 집에는 예쁜 강아지가 두 마리 있다. 정말로 예쁜 강아지들이다. 조금 큰 강아지는 성질이 나쁘다. 내가 개띠라서 그런지, 동물 중에서 강아지를 제일 좋아한다. 밥을 먹을 때도 개처럼 누룽지를 좋아하는 것은 나다.

내 별명은 많지만 그중에서 꼭지라는 별명이 제일 듣기 싫다. 내가 막내라서 그런 별명이 나왔는지는 몰라도 그런 별명은 듣기 싫다. 내가 바라는 별명은 북술이다. 북술이라는 별명이 제일 좋다. 개띠에 개 이름을 따서 별명을 짓는다는 것은 남들은 웃겠지만, 나는 그대로 북술이라는 별명이 제일 기다려진다.

글쓴이가 강아지를 얼마나 좋아하는가를 잘 나타내었습니다. 강아지를 동무로 생각한다기보다 자기를 강아지와 같이 생각하고 있습니다. 이것은 사람이 자연 속에 살면서 그 자연의 하나로 순박하게 살아가는, 참으로 아름다운 태도라 하겠습니다.

# 생생한 놀이 이야기가 글이 된다

여러분들은 놀이를 즐깁니다. 그래서 도시 어린이에게는 도시 어린이의 놀이가 있고, 농촌 어린이에게는 농촌 어린이의 놀이가 있지요. 봄·여름·가을·겨울, 철 따라 놀이도 다릅니다. 어쨌든 놀이는 어린이 여러분들에게 없어서는 안 되는 생활입니다.

놀이를 글감으로 하여 쓸 때는 그 놀이를 할 때의 모습을 잘 그려 보여야 하는데, 그런 글이 아주 드뭅니다. 다만, 누가 쓰든지 '야구 놀이'를 쓴 것만은 거의 모두 그 모습이 생생하게 나타나 좋은 글이 되어 있습니다. 이것은 아마도 텔레비전이나 라디오에서 야구 경기의 실황을 방송하는 것을 늘 듣고 있기 때문이 아닌가 합니다. 다른 놀이를 글로 쓸 때도 야구 놀이 글같이 써 보세요. 실제로 그 놀이를 눈앞에 보는 것같이 말입니다.

다음에 '딱지치기'란 글을 두 편 들어 봅니다.

딱지치기 박기하 경북 성주 대서초 4학년

나는 매일 딱지치기를 한다. 그러면 꼴릴 때가 많다. 그래서 나는
깨를 하나 발견하였다. 나는 두 주먹을 지고 옷 속에 딱지를 감차
놓고, 질 때는 그것을 새로 바까서 쓴다. 나는 매일 꼴리기 때문이
다. 나는 매일 숙제도 안 하고 나무 아이가 꼴릴 수를 냈다. 나는
딱지 따기 할 때에는 거짓말을 하지 않겠다. 나는 엄마가 숙제 다
했냐고 물으시는 게 조금 싫다. 나는 엄마의 은혜를 모른다. 나는
글자를 못 쓴다. 우리 아버지는 내가 공부도 못하니까 태권도를
시켜 주시겠다고 한다. 나는 그 말이 내 마음을 찌르는 것만 같다.
(1983. 11. 21.)

• 꼴릴: 잃을. • 깨: 꾀. • 지고: 쥐고. • 감차: 감춰.
• 바까서: 바꿔서. • 나무 아이가: 남의 아이가.

딱지치기 이범석 경북 성주 대서초 4학년

딱지치기는 여름에 하는 것이다. 작년에 딱지를 많이 가진 아들 만
이, 길란이, 인노, 여섭이, 이래 네 명이 많이 가지고 있었다. 그중에

138

서도 만이가 제일 많았다. 우리는 길란이 저거 사랑 모퉁이에서 딱지 따먹기를 한다. 딱지 따먹기는 여러 개로 할 수 있다. 내가 아는 것은 글자 많기, 글자 작기, 전쟁, 미니 전쟁, 끝 번호 많기, 작기 등 있다. 미니 전쟁에서 제일 좋은 것은 안경, 두 번째는 흰 수염, 세 번째는 검은 수염, 네 번째는 모자, 다섯 번째는 신발, 다음에는 사람, 다음 제일 나쁜 것은 망골이다. 전쟁에서 좋은 것은 깃대, 다음에 물, 다음은 불, 다음은 로보트, 다음에는 무기 등으로 이어진다. (1983. 11. 21.)

• 아들: 아이들. • 길란이 저거: 길란이네. 길란이 자기네.


앞의 글은 딱지치기를 할 때 남의 것을 따먹을 꾀를 생각해 낸 얘기를 썼고, 뒤의 글은 딱지 따먹기와 딱지의 종류를 자세히 써 놓았습니다. 두 편 다 딱지놀이를 하는 어린이만이 쓸 수 있는 글입니다. 이 딱지놀이도 땅에 놓고 그것을 쳐서 뒤집어지게 하는, 운동을 겸한 놀이가 아니고 이제는 화투 놀이 비슷하게 되어 버린 것 같군요. 딱지치기가 아니고 바로 딱지 따먹기로 되었네요.


흙 싸움 황원규 경북 성주 대서초 5학년


나는 일요일 날에 흙 싸움을 하였다. 그래도 우리 편보다는 승규

편이 더 많았다. 우리는 춘동이 저그 논에서 흙 싸움을 하였다. 우리는 흙을 주어서 던졌다. 또 큰 흙덩이도 건져서 마구 적끼리 싸움을 하였다. 또 우리는 인원수가 적어 불리하여 흙을 물에 넣어 빼서는 마른 흙을 좀 발라서 던졌다. 기수는 논을 나가 우리가 던지는 데 옆에서 던졌다. 또 승규 편이 쳐들어왔다가 되돌아갈 때 기수가 걸어서 가는 것을 수야가 숨어 있다가 기수 뒤로 가서 기수 머리에 던져 기수는 놀랐고, 우리 편은 한바탕 웃고는 흙을 물에 넣어서 빼 가지고 물똥을 만들어서는 우리가 먼저 쳐들어갔다. 승규 편은 도망가기 바빴고, 우리 편은 쳐들어가기 바빴다. 나는 승규에게 물똥을 아시나요, 하고 던졌는데 승규 머리를 스쳐 지나갔는지 맞았는지는 잘 몰랐다. 그리고, 우리는 손을 씻으려고 춘동이네 집에 가서 손을 씻었다. 우리는 질서 없이 서로 먼저 씻으려고 대들었다. 다라이 안에 있었던 물은 모두 다 꾸정물로 되었다. 승규는 머리 씻기 바빴다. 나는 낯을 씻고 머리를 적시고는 장난감 총을 쏘며 놀았다. 기운이와 기욱이, 이환이는 4시 차를 타고 가려고 빨리 집으로 갔다. 우리는 궁기를 하며 놀았다. (1983.)

* 주어서: 주워서.　* 춘동이 저그: 춘동이네. 춘동이 자기네.
* 다라이: 대야.　* 궁기: 잡기 놀이의 한 가지.


　흙 싸움 놀이를 하는 모양이 아주 잘 나타난 좋은 글입니다. 다른 놀이도 이와 같이 재미있게 쓸 수 있을 것입니다.

# 4

# 어떻게
## 쓸까요

# 중심과 차례를 정해서

무엇을 쓸 것인가 하는 것이 정해지면 곧 연필을 잡고 쓰지 말고, 그 쓸거리에 대해 좀 더 자세히 생각해 보아야 합니다. 그래서 쓰려고 하는 내용이 확실하지 않을 경우에는 실제로 가서 그 사실에 대해 조사를 하거나 잘 살펴보아서 환하게 알아 두어야 하며, 막연한 생각이라면 다시 그 생각을 정리해서 확실한 것이 되도록 해야 합니다.

그리고 쓰는 차례도 정해 두어야지요. 간단한 글이라도 처음, 가운데, 끝맺음 이 세 부분으로 나눠 놓고 쓰는 것이 좋겠고, 긴 글이라면 더 많은 문단으로 나눠서 각 문단마다 쓸 내용을 대강 요약해서 적어 두고서 쓰기 시작하는 것이 좋겠습니다. 물론 짧은 글이라도 글의 중심(가장 중요한 알맹이)을 어디에 두어야 하는가를 정해 놓아야 합니다. 다만 이러한 차례 정하기는 3학년 이상이 할 것이고, 1, 2학년 어린이들은 생각나는 대로 자꾸 써 나가면 됩니다.

이렇게 하는 것을 글의 얼거리 잡기(구상)라고 합니다. 이런 얼거리를 잡지 않고, 상급생들이 1, 2학년 어린이같이 아무것이나 머리에 떠오르는 대로 쓰게 되면 글이 제대로 안됩니다. 앞뒤에 쓰는 차례가 바뀌기도 하고, 중요한 것을 놓쳐 버리기도 하여, 요령이 없고 차례나 갈피가 없는 글이 되기 예사이니 주의해야 합니다.

얼거리를 잡지 않고 쓴 글은 글의 형식에서도 나타납니다. 한 글월(문장)이 끝날 때마다 줄을 바꿔 놓는가 하면, 한 번도 줄을 바꾸지 않고 끝까지 계속 이어서 쓴 글을 많이 볼 수 있는데, 이런 글들은 모두 미리 얼거리를 잡지 않고 쓴 것입니다.

다음 글을 읽어 보세요.


연 이주원 경기 초 5학년


집에 있는데 하두 지겨워 연을 갖고 현영이네 갔다.
그리고 연을 날리자고 하였다.
연을 날리는데 상기가 나와 같이 연을 날렸다.
한참 있는데 김주현이랑 주농이도 나와서 연을 날렸다.

연을 날리고 집으로 오다가 연을 전깃줄에 올렸다.

그런데 내 동생이 불러서 갔다.

집에 가니 엄마가 매를 가지고 있었다.

나는 혼이 났지만 연은 현영이가 가지고 있었다.


이 글은 한 글월마다 줄을 바꿔 놓았습니다. 쓰기 전에 미리 쓸 내용과 차례를 잘 생각해 두지 않았기 때문에 이 글에서 가장 하고 싶었던 얘기가 무엇인지 모르게 되었고, 실제로 연을 날릴 때의 모습을 보여 주는 말(이것이 가장 중요한 내용이 되어야 했던 것 같은데)은 거의 없습니다. 그래서 글이 너무 짧기도 합니다.

다음 글은 어떤가요?

연날리기 하철윤 서울 초 5학년


토요일 아침이었다. 만들어 두었던 연을 날리기 시작했다. 이상하게도 내 연은 높이 뜨지를 못했다. 결국 찢어졌는데 강둑으로 올라가자 바람이 잘 불어서 그런지 연이 잘 떴다. 선생님께서 반장의 연을 헬리콥터 있는 곳까지 날리셨다. 옛날에 김유신 장군이 반란이 일어나 싸우러 갔을 때 별 하나가 경주 근처에 떨어지자 백성들은 나라가 망할 징조라 하여 군사들의 사기가 떨어져 싸움에 져 가는데 김유신 장군이 꾀를 내어 큰 연을 만들어 불을 붙여 날리며 "별이 올라간다"라고 소리쳐 그 결과 군사들은 사기를 되찾아 싸움에서 이겼다고 한다. 이처럼 우리 조상들은 쓰임에 따라 여러 가지 연을 만들었다고 한다. 이런 연날리기를 우리는 후세에도 잘 전해야겠다.

이 글은 앞의 글과는 반대로 줄 바꾸기를 한 번도 하지 않고 모든 글월을 끝까지 이어서 써 놓았습니다. 이것 또한 미리 쓰는 차례를 정하고 중심을 생각하지 않았기 때문입니다. 이 글도 자기가 연을 날린 일을 쓴 것이니 글의 중심은 연날리기를 할 때의 모습을 보여 주는 데 있어야 하며, 끝맺음도 거기에 맞도록 써야 합니다. 그래서 중간에 쓴 김유신 장군 얘기는 끼워 넣는 얘기에 그치도록 하는 것이 좋았을 것입니다. 그런데 이 글은 김유신 장군의 얘기로 끝을 맺은 꼴이 되었으니, 글의 중심이 어디에 있는지 분명하지 않게 되었습니다.

# 단락을 지어서

글을 써 나가다가 한 대문이 끝났으면 줄을 끊고, 다음 줄을 새로 시작합니다. 이렇게 한 대문씩 글을 맺는 것을 단락을 짓는다고 합니다. 글의 단락을 어떻게 짓는가, 하는 것은 국어 교과서를 공부할 때 문단 나누기를 어떻게 하였는가를 생각하면 곧 깨달을 것입니다. 문단이 곧 글의 단락이지요. 아직도 문단 나누기와 줄 바꿔 쓰기를 모르는 사람은 국어책을 펴 보세요. 문단이 나눠질 만한 곳에서는 반드시 줄이 바꿔져 있습니다만, 한 문단 안에서도 더러 줄을 바꿔 쓴 경우가 있습니다. 어쨌든 줄 바꿔 쓰기는, 글을 쓰기 전에 미리 쓸 내용을 잘 생각해서 차례를 따라 써서 읽기 쉽고 알기 쉽도록 하기 위한 것입니다.

다음 글을 읽어 봅시다.

# 낚시 성흥기 경북 성주 대서초 6학년

오늘 아침에 경수하고 규현이와 경남이 그렇게 못에 낚시하로 갔
다. 그리고 경수하고 규현이와 같이 하고, 나하고 경남이하고 같
이 잡았다. 그리고 내가 처음 송어 두 마리를 한꺼번에 낚았다. 그
리고 미꾸라지도 낚았다. 내가 송어 두 마리하고 미꾸라지 두 마리
잡았을 때, 경수는 송어 큰 거 한 마리, 미꾸라지 한 마리 그래 잡
았다. 그런데 경수는 신경질 난다고 계속 자리를 옮겼다. 그러나
나는 꾹 참고 기다리니까 계속 입질을 했다. 두세 번 입질하다가 지
방대가 쏙 내려갔다. 그래서 나는 재빨리 낚싯대를 올렸다. 그런데
미꾸라지가 바늘이 배에 걸려서 올라왔다. 그래서 잡아 가지고 고
기 통에 넣을라고 하니까 미꾸라지가 막 날뛰었다. 그래서 줄이 감
기었다. 그리고 경수는 내가 줄을 풀 동안에 고기 한 마리밖에 못
잡았다. 그리고 내가 일곱 마리 잡았을 때 경수가 갈밭 못에 가자
고 했다. 그래서 나는 한 마리만 잡고 가자고 했다. 그런데 입질을
하다가 안 하다가 지방대가 쏙 내려갔다. 그때 내 마음이 조마조
마했다. 그래서 나는 빨리 낚싯대를 올렸다. 그런데 고기가 올라
오다가 뚝 떨어졌다. 그래서 성이 나서 옆에 있는 돌과 흙을 못에
던졌다. 그리고 갈밭 못에 갔다. 그런데 내가 기대했던 팔뚝만 한
고기는커녕 입질도 안 했다. 그래서 아까 그 못에 갔다. 그리고 미
꾸라지 한 마리 잡았다. 그리고 점심 먹으로 집으로 왔다. (1985. 4.

148

14.)

이 글은 낚시질을 하러 가서 고기를 낚은 얘기를 실지로 한 대로 썼습니다. 그런데 여기서도 글의 단락이 전혀 없이 처음부터 끝까지 연달아 써 놓았습니다. 이렇게 연달아 쓰자니 한 글월에서 다음 글월로 이어 가는 데 필요한 '이음말'(접속사: 그리고, 그래서, 그러니, 그런데)을 스물한 군데나 쓰고 있습니다. 쓰기 전에 쓸 차례를 정해서 글의 단락을 짓도록 하지 않고 덮어놓고 써 나가다 보니 이런 이음말을 자꾸 쓰게 된 것입니다. 쉬운 대로 이음말만 쓰다 보니 버릇이 되어, 쓰지 않아도 될 자리에까지 자꾸 나오는 것이지요.

이 글을 쓴 어린이에게 글의 단락 얘기를 해 주고, 이음말을 필요한 것만 두고 나머지는 없앤 다음 문단을 나누어 다시 쓰게 했습니다. 다음은 다시 쓴 글입니다.

오늘 아침에 경수하고 규현이와 경남이 그렇게 못에 낚시하러 갔다. 경수하고 규현이와 같이 하고, 나하고 경남이하고 같이 잡았다. 나는 조금 높은 데서 고기를 잡았고, 경수는 낮은 곳에서 잡았다.
처음에는 내가 송어 두 마리를 한꺼번에 낚았고, 미꾸라지도 낚았다. 내가 송어 두 마리하고 미꾸라지 두 마리 잡았을 때, 경수는 송어 큰 거 한 마리, 미꾸라지 한 마리 그래 잡았다.

경수는 신경질 난다고 계속 자리를 옮겼다. 나는 꾹 참고 기다리니까 계속 입질을 했다. 두세 번 입질하다가 지방대가 쏙 내려갔다. 나는 재빨리 낚싯대를 올렸다. 그런데 미꾸라지가 바늘이 배에 걸려서 올라왔다. 미꾸라지를 잡아 가지고 고기 통에 넣을라고 하니까 막 날뛰었다. 그래서 줄이 감기었다. 줄을 풀 동안에 경수는 고기 한 마리밖에 못 잡았다.

내가 일곱 마리 잡았을 때 경수는 갈밭 못에 가자고 했다. 나는 한마리만 잡고 가자고 했다. 그런데 입질을 하다가 안 하다가 지방대가 쏙 내려갔다. 그때 내 마음이 조마조마했다. 나는 빨리 낚싯대를 올렸다. 그런데 고기가 올라오다가 뚝 떨어졌다. 나는 성이 나서 옆에 있는 돌과 흙을 못에 던졌다.

그리고 아이들과 갈밭 못에 갔다. 내가 기대했던 팔뚝만 한 고기는 커녕 입질도 안 했다. 그래서 다시 아까 그 못에 갔다. 미꾸라지 한마리 잡았다. 그리고 점심 먹으로 집으로 왔다. (1985. 4. 14.)

이렇게 단락을 지어서 쓴 글이 훨씬 읽기가 좋다는 것을 알 수 있습니다. 단락을 지어 놓으니 '그리고, 그런데, 그래서' 따위 이음말도 자주 쓸 필요가 없어서 스물한 개에서 일곱 개로 줄어 버렸습니다.

# 확신을 가지고 한꺼번에

쓸 차례가 정해지고, 글의 중심을 어디에 두는가, 첫머리는 어디서부터 시작하는가, 끝맺음은 어떻게 하는가, 이런 계획이 다 되었으면 쓰기 시작합니다. 글을 쓸 때 무엇보다도 중요한 것은 마음을 한 곳에 쏟는 태도입니다. 확신을 가지고 열정을 기울여서 한꺼번에 주욱죽 써 나가야 합니다. 아무렇게나 빨리 쓰라는 것이 아닙니다. 글에 따라서는 꼼꼼히 차근차근, 자세히 생각해 가면서 써야 할 경우가 많습니다. 어쨌든 다른 일에 정신을 팔아서는 안 됩니다. 아주 긴 글—며칠이나 두고두고 써야 할 긴 글이 아니라면, 쓰다가 그만두고는 다른 일을 해 놓고 다시 이어서 쓰는, 이런 태도는 좋지 않습니다.

다음 글은 독서감상문입니다. 긴 글이 아니어서 자세한

얼거리 잡기를 하지 않았고, 그래서 한꺼번에 느낌을 마구
쏟아 놓았습니다.

## 내가 흑인이었더라면—영화 〈뿌리〉를 보고

공혜성 경남 거창 샛별초 5학년

내가 만약에 흑인이었다면 죽으려고 했을 것이다. 손, 팔, 목을 쇠
사슬에 묶인 채, 때리면서 일만 시키는 백인에게 순종할 수는 없었
을 것이다.

이 〈뿌리〉라는 영화를 보고 백인이 흑인을 얼마나 못살게 굴었으
며 어떻게 부려 먹었는가를 알았다. 흑인도 백인과 같이 똑같은 사
람인데도 짐승처럼 팔고 사고, 부려 먹고 때리고 하다니, 이때는
백인이 너무했던 것 같다. 우리 나라와 가장 친한 나라가 이렇게까
지 악독했을 줄은 몰랐다.

이 영화를 보기 전에는 흑인들을 그냥 때리고 일만 시키고 했겠지
이렇게 생각했는데, 막상 보니 짐승보다도 못한 대우를 하고 있었
다. 내가 이러했다면 어떻게 되었을까 하고 생각하니 너무나도 끔
찍하다.

흑인 노예들은 사람으로 태어나서 사람대접도 못 받고 살다가 죽
어 갔다. 백인들이 너무 잔인하였다. 도망치지 말라고 발가락까지
자르다니. 백인들은 아예 흑인을 보고 한 마리, 두 마리 하고 세었

다. 이것을 보니 백인들이 미웠다.

이곳저곳 도망치다가 끝내는 잡혀서 호되게 매를 맞고 쓰러지고, 다시 일어나서 일을 하는 모습은 생각만 해도 끔찍하다.

다시는 이런 일이 이 땅 위에 일어나지 않았으면 좋겠다.


얼거리 잡기를 일부러 하지는 않았던 것 같은데, 그런데도 가슴에서 터져 나오는 절실한 느낌을 마구 쏟아 놓은 말이 거듭되면서 저절로 단락을 지어 놓았습니다.

느낌을 쓰는 글만이 아니고 행동한 것을 쓸 때도 자신을 가지고 써야 읽을 맛이 나는 글이 됩니다.

### 경운기 몰기 김규성 경북 성주 대서초 6학년

내일 우리 집에 모내기를 한다. 나는 경운기에 대해서 좀 알기 때문에 물 노타리를 하였다. 하니까 재미있었다. 어제는 경운기로 내가 논을 갈았다. 지나가는 분들이 기특하다는 듯이 웃음 짓고 가셨다. 나는 그럴 때마다 힘이 솟아나는 듯하였다. 윗다랭이 논을 다 하고 밑의 논에도 했다. 그런데 나는 자꾸 빠른 속도로 몰고 싶어 하는데 아버지께서는 반대를 하신다. 물 노타리는 어제 한, 논 가는 일보다 더 쉬웠다. 물 노타리에서 좋지 않은 점은 물속이어서 발을 딛고 나서 다시 옮길 때 흙이 끈적하기 때문에 잘 옮겨지지 않아서 좋지 않고, 옷도 다 버린다. 그리고 가는 일에서 좋지 못한 점은 틀어야 하기 때문에 힘이 많이 든다. 나는 경운기 물 노타리를 다 하고 나서 집으로 돌아오니 어머니께서 음료수와 과자를 주시며 수고하였다고 하셨다. 나는 기분이 좋았다. (1984. 7. 2.)

• 노타리: 경운기로 흙덩어리를 부수면서 논을 고르는 일.


이 글도 단락이 없는 것으로 보아 쓰기 전에 미리 얼거리를 잡지 않았던 것 같습니다. 쓰기 전에 처음, 가운데, 끝맺음 이렇게 세 단계 정도라도 나눠서 쓸거리를 생각해 두었더라면 훨씬 더 재미있고 자세한 글이 되었을 것입니다. 그러나 경운기를 운전하여 노타리를 한 일을 아주 자신을 가지고 쓴, 좋은 글입니다. 글쓰기에 자신을 가지려면 먼저 자기가 한 일에 대해 자신을 가져야 한다는 것을 알 수 있습니다.

# 그때 일을 잘 생각해 내어서

자기가 겪은 일을 쓸 때 가장 중요한 것은 겪었던 일을 자세하게 되살려 생각해 내는 일입니다. 아침에 있었던 일을 저녁에 쓰려고 해도 잊어버리는 수가 많지요. 그럴 때 다시 잘 생각해 내어서 방금 보고 듣고 한 것이나 다름없이 머릿속에 생생하게 떠올릴 수 있어야 좋은 글을 쓰게 됩니다.

다음은 농촌 어린이가 쓴 글인데, 아침에 일어나 집에서 있었던 일을 쓴 부분에 주의할 필요가 있습니다.

참외 따기 배동진 경북 성주 대서초 5학년

내가 아침에 일어나니 어제저녁 9시쯤에 온 작은형이 경운기를 몰고 논에 가려고 하고 있었다. 사실 나는 어제 형이 온 것을 알고 있었으나 인사를 하지 않고 그냥 자는 체했다. 나는 오늘 아침에 일어나 작은형 몰래 헛간에 가서 오줌을 누고 마당에 오니 형은 가고 없었다. 그리고 마루에는 아지매께서 식사 준비를 하시고 계셨다. 그런데 아지매는 내가 아직 일어나지 않았는지 알고 계시는 모양이셨다. 그래서 나는 지금 방에서 나오는 체하고 하품을 하며 방문을 열었다 닫았다. 아직 큰형님은 일어나지 않으신 모양이셨다. 그때 아버지께서 큰히야 깨배 가지고 작은 리야카 몰고 참외 논에 가라고 말씀하셨다.

나는 아지매한테 이렇게 말했다. "아지매예, 큰형님 안 일어났어예" 하고 말이다. 그랬더니 아지매가 "큰형 논에 갔어요" 하고 말씀하셨다. 그렇지만 형님의 하품 소리가 방 안에서 들렸다.

그러자 곧 형님이 나오셨다. 나는 그래서 헛간으로 뛰어가서 작은 리야카의 손잡이를 잡았다. 그랬더니 무엇이 물렁물렁한 것이 잡혔다. 자세히 보니 쇠똥이었다. 나는 인상을 찌푸리며 밖으로 나와 손을 씻었다. 그랬더니 형님이 가셔서 작은 리야카를 몰고 오셔서 나보고 손잡이에 물을 부어라 하시며 손잡이를 씻으셨다. 그리고 나서 형님은 자전거를 타고 가시고, 나는 작은 리야카를 빨리 뛰면서 몰고 갔다.

어제 비가 왔기 때문에 자전거를 냇강 옆에다 나두고 열쇠를 잠갔다. 그리고 나는 형님보고 작은 리야카를 몰고 가라고 말했다.

나는 남 논으로 가로질러 우리 논으로 갔다. 논에 가니 작은형과 어머니께서 참외를 따고 계셨다. 큰형님과 나는 작은 리야카를 논에 넣고 참외를 실었다. 작은형은 힘이 큰형보다 더 세기 때문에 작은 리야카에 참외를 가득 싣고도 거뜬히 몬다.

참외를 다 따고 인제는 참외를 박스에 담을 차례다. 나는 좋고 큰 참외를 한쪽으로 모았다. 아버지와 어머니는 박스에 넣으시고, 작은형은 경운기로 박스를 길가로 갖다 놓았다.

참외를 다 따고 집에 오니 마음이 후련했다. (1984.)

- 아지매: 아주머니. • 않았는지: 않았는 줄.
- 큰히야: 큰형. • 깨배: 깨워. • 리야카: 리어카.


이 글은 제목이 '참외 따기'지만 글의 대부분이 참외를 따러 논에 가기 전 집에서 있었던 일을 쓴 것입니다. 아침에 일어나서 보고 듣고 말하고 행동한 것을 아주 자세히 써 놓았습니다. 아무리 자기가 겪은 일이라도 자세하게 생각해 내는 힘이 없으면 이렇게 쓸 수 없습니다.

다음 글을 읽어 봅시다.


### 뻐꾸기 소리 장차동 경북 성주 대서초 5학년


엄마는 잔심부름은 나보고 시킨다. 나는 하기 싫어서 낚시를 하러 간다. 그러면 뻐꾸기가 울어 댄다. 꼭 엄마 심부름하기 싫어 도망

왔다고 야단치는 것 같다. 그래도 나는 낚시를 한다. 하지만 고기
는 안 잡힌다. 그러면 또 뻐꾸기가 그 바라 고기는 안 잡히니까 어
서 집에 가라, 하는 것처럼 울어 댄다. 계속 울었다. 찌가 움직여서
낚싯대를 들어 보니 큰 고기가 잡혔다. 나는 기분이 좋아서 뻐꾸기
소리가 나는 쪽을 보고 "야, 뻐꾹아, 봐라! 고기는 잘만 잡힌다.
애 마르지?" 큰 소리로 말한다. 그래도 뻐꾸기는 계속 울었다.
집에 오니까 엄마가 우물에 가서 물을 떠 오라고 해서 나는 하기
싫었지만 물을 뜨러 가서 물을 먹으니까 참 시원하고 맛있었다. 집
에 물을 떠 가지고 가니까 엄마가 과자를 주셨다. 나는 그것을 먹
고 있는데 형이 대구에서 왔다. 형이 나보고 방천에 가서 참외를
좀 따 오라고 했다. 나는 자전거를 타고 가니까 뻐꾸기 소리가 들
려왔다. 나는 뻐꾸기 소리가 듣기 좋았다. 그리고 뻐꾸기 소리를
들으며 자전거를 타고 방천으로 갔다. (1984.)

• 그 바라: 그것 봐라.


이 글에서 고기를 낚으면서 들은 뻐꾸기 소리를 쓴 대문
은 아주 재미가 있습니다. 이것은 일부러 재미있게 쓰려고
머리로 지어낸 것이 결코 아닙니다. 뻐꾸기 소리를 정말 그
런 기분으로 들었던 것이지요. 뻐꾸기 소리를 들었을 때의
그 마음을 몇 시간 뒤 이 글을 쓸 때까지 잊지 않고 용하게
도 썼습니다.

# 겪었던 일을 지금 겪는 것같이

자기가 겪었던 일을 남들에게 알리려고 할 때는 그 일을 대강 설명할 수도 있지만 그것보다는 그때의 일을 눈앞에 마치 그림을 그려 보이듯 말(글)로 그려 보이면 훨씬 더 잘 알릴 수 있고 감동을 주기도 합니다. 이럴 때는 눈으로 본 것, 귀로 들은 것, 몸으로 행동한 것을 생생하게 되살려 잘 알 수 있게 써야 합니다.

만원 버스 이홍석 서울 사당초 6학년

오늘 오후 엄마와 나는 터미널 옷 가게에 가서 내 바지를 사기로 하였다. 갈 때는 버스 안에 사람이 없어 순조롭게 갔다. 터미널에서 내 바지와 남방을 샀다. 누나 티도 샀는데 참 귀여웠다.

올 때의 일이다. 퇴근 시간이라 사람들이 많이 모여 있었다. 가까스로 289를 탔는데, 이 289는 사람이 제일 많이 타는 차이기도 하다. 거기에서 나는 예수 신세가 되었다.

고리에 매달려 이리저리 밀려 오징어도 되고 찜빵도 되고 또 길다란 오이로 되기도 하였다. 그래서 내린 내 모습은 김이 모락모락 나는 찌그러진 고구마 모양과 같았다. 엄마께서도 많이 힘드셨는지 피로해하셨다.

바지 한 번 사러 갔다가 찌그러진 고구마면 두 번 갔다 오면 말라비틀어진 고구마가 될 것이다. 고것을 생각하면 몸서리가 쳐진다. 으으으……


만원 버스를 탔다가 시달린 광경을 재미있게 썼습니다. 그런데 너무 우습게만 쓰려고 하다 보니 정작 버스 안에서 일어났던 일은 또렷하게 떠오르지 않습니다. 누구든지 만원 버스 안에서 시달렸던 경험이 있을 것입니다. 그런 때의 광경을 정확하게 눈앞에 선하게 그려 보일 수는 없을까요?

버스 김지원 경북 의성 의성초 5학년

나는 우리 집 앞에서 버스를 타 보았다. 그런데 얼마나 복잡한지 말을 못 한다. 안내양 언니가 서 있을 자리도 없다.

"아이고 엉덩이야" "어, 내 신발 어디 갔지?" "어머, 미안해요" "응아, 응아……" "아이 시끄러워" 하는 말들이 소란을 피운다.

내릴 때도 서로 내리려 하고, 탈 때도 먼저 타려고 한다. 나는 탈 때도 내릴 때도 맨 나중에 타고 내려야 한다. 버스 정류장에 가도 그렇다. 서로 표를 끊으려 하고 자기가 먼저 타려고 한다.

시골의 버스 얘기를 쓴 글의 한 부분입니다. 여기서는 만원 버스 안의 모습을 사람들의 말소리로 아주 요령 있게 잘 써 놓았습니다.

이 글에서 또 한 가지 배워야 할 것은, 자기가 겪은 일을 "…… 타 보았다"고 과거형으로 설명하다가도 눈앞에 그 일을 그려 보일 때는 지금 겪는 것같이 현재형으로 "…… 말을 못 한다" "…… 자리도 없다"고 쓰는 방법입니다.

### 이발 이민수 서울 사당초 6학년

오후에 이발소에 갔다. 나는 좋지 않았지만, 어머니께서 머리가 길어서 가야 한다고 하시기 때문이다.

이발소에 들어가니 케케묵은 담배 냄새가 진동을 했다. 나는 참고 의자에 앉았다. 그러나, 아저씨가 막대기를 걸치더니 그 위에 앉으라고 하셨다. 나는 이게 좀 싫다. 막대기 위에 앉으면 내가 꼭 유치

원 어린이 같은 느낌이 들어서이다. 그래서 나는 그냥 폭신한 의자에 앉아 있는 것이 소원이다.

잠시 후 이발을 시작했다.

나는 마네킹, 아니 돌부처같이 꼼짝 말고 앉아 있어야 했다. 가끔 머리카락이 얼굴 위에 떨어져 간지럼을 태운다. 그때 손으로 얼굴을 긁지도 못하고 참는 괴로움! 정말 생각만 해도 답답하다.

이발을 끝내고 아저씨가 머리를 감겨 주셨다.

쓱쓱! 박박! 꼭 빨래 빠는 것같이 머리를 주무른다. 윽! 소리가 입 안까지 들어오는 것을 겨우 참았다.

아무튼 이렇게 이발하는 것은 지겨웠다. 그래도 다 하고 나면 기분이 근사하다.

집에 와서 어머니께서 나를 보고는 "뒤를 돌아봐. 고개를 숙여봐" 하고 잘 살피시더니, 참 잘 깎았다고 칭찬하신다. 나는 겸연쩍어서 고개를 숙이지만 그래도 즐거웠다.


이발소에서 있었던 일을 아주 자세하게, 지금 막 겪는 것 같이 써 놓았습니다. 이 글에서도 그때의 일을 지금 막 일어나고 있는 일같이 쓸 때는 현재형으로 쓴 것을 볼 수 있습니다. "앉아 있어야 했다" "간지럼을 태운다" "답답하다" "주무른다" 이렇게 현재형으로 쓰면 그 모습이 읽는 이들의 눈앞에 생생하게 떠오릅니다.

# 조그만 것이라도 정을 가지고 대해야

겪은 얘기를 쓸 경우에는 눈으로 본 것을 쓰기도 하고, 귀로 들은 것을 쓰기도 하고, 냄새나 맛, 손에 닿는 느낌을 쓰기도 하고, 일하거나 논 것을 쓰기도 하고, 마음속에 느낀 것과 생각한 것을 붙잡아 쓰기도 합니다. 그런데 이 가운데서 가장 많이 쓰게 되는 것은 눈으로 본 것을 쓰는 일입니다.

눈으로 볼 수 있는, 이 세상의 모든 것은 자연과 인간이 만든 것—이 두 가지로 나눌 수 있습니다. 산과 들, 그 산과 들에 있는 온갖 식물과 동물과 곤충, 물속의 고기들, 하늘과 구름과 눈과 비와 무지개, 해와 달과 수많은 별들…… 자연은 얼마나 여러 가지로 풍성합니까? 눈으로 보는 모든 것은—조그만 모래 하나, 풀잎 하나까지도 그 모양이 모두 다르고 크기가 다르고 색깔이 다르고 움직이고 변하는 모습이 다릅니다. 그 다른 생김새와 색깔과 움직임을 살펴보아서 글을 쓰면 얼마든지 재미있는 글이 됩니다.

사람이 만든 도시의 모든 집들, 길과 차들, 집 안의 온갖 물건들, 온갖 사람들의 온갖 살아가는 모습들은 또 얼마나 무궁무진한 글감을 보여 줍니까.

그런데 생전 처음으로 보는 것은 우리의 눈을 끌어 관심을 갖게 되지만, 언제나 보는 자연이나 사람의 모습은 무심히 보아 넘깁니다. 그럴 때는 한번 눈을 감았다가 다시 떠 보세요. 그래서 내가 세상에 다시 태어나서 이것을 처음 보게 된다는 생각으로 보면 그 보는 것이 새롭고, 지금까지는 보이지 않았던 것을 보고 깨달을 수 있습니다.

다음은 2학년 어린이가 쓴 글입니다.

풀잎 임도순 경북 상주 공검초 2학년

어느 일요일 날 밖에 나가 놀다가 밭둑에서 풀잎을 보았습니다. 한자리에 노란 풀잎들이 소복히 돋아 올라옵니다. 노란 풀잎들은 이제 봄이라고 올라옵니다. 노란 풀잎은 아기처럼 부드럽고 작았습니다. 나는 풀잎을 만져 주었습니다. 풀잎들은 좋다고 웃는 것 같습니다. 그래 나는 그것을 보고 참 기뻤습니다. (1959. 3. 16.)

아무도 보아 주지 않는 밭둑의 조그만 풀들, 그것은 이름도 없는 풀들입니다. 이름이 있겠지만 아무도 그 이름을 모르고, 불러 주지 않는 것이지요. 이렇게 아무리 보잘것없는 작은 것이라도 마음이 끌린다면 그것을 눈여겨보아 주세요. 그리고 그것을 글로 써 주세요. 그러면 훌륭한 글이 될 수 있습니다. 마음이 끌리는 것은 사랑이 있기 때문입니다. 무엇을 대하든지 사랑이 있어야 그것이 마음에 들어오고 눈에 보입니다. 사랑이 없으면 아무리 보아도 보이지 않습니다. 사랑은 모든 것을 살아나게 합니다.

제비꽃 김춘옥 경북 안동 임동동부초 대곡분교 2학년

제비꽃이 생글생글 웃는다.
제비꽃이 하늘 보고 웃는다.
제비꽃이 우예 조르크릉 피었노?
참 이쁘다. (1969. 5. 2.)
 • 우예 조르크릉: 우째 조렇게. 어째 저렇게.


아무도 보아 주지 않는 논둑 밭둑의 조그만 꽃도 사랑의 눈으로 보면 시가 써집니다. 사랑이 없이 시를 쓸 수 없지요. 사랑은 관심입니다. 먼저 자기가 쓰고 싶은 것을 찾아

쓰세요.

다음은 길에서 장사하는 아저씨를 보고 쓴 글입니다. 이
글을 어떻게 보아야 할까요?

### 이상한 장사 아저씨 문경애 경북 영천 영천초 4학년

내가 학교 교문을 나오니 아이스크림 장사 아저씨가 계셨다. 나
는 차가 올 동안 거기에 있으려고 했다. 내 친구도 거기에 있었다.
아저씨는 자꾸 내 친구한테만 아이스크림을 주었다. 어떤 아이가
뽑기를 하여 뻥 걸렸는데 아이스크림을 주었다. 그리고 아저씨가
"돌멩이 가지고 온나" 하셨다. 내 친구가 돌멩이를 가지고 왔다.
아저씨가 "돌멩이 부순다"라고 했다. 그러나 돌멩이를 못 부수었
다.

어떤 아이가 뽑기를 하였다. 그 아이는 돈 천 원을 내고 "돈 거슬러
주세요"라고 하니까 "돈 없다. 너 한 판 더 해라"고 해서 아이는 또
했다. 아저씨는 또 해라고 했다. 아이는 안 한다고 하고 또 "돈 주
세요"라고 했다. "야 이 자식아, 돈 내일 주께. 내일 주면 안 되나?"
했다. 그래도 아이는 "돈 거슬러 주세요"라고 했다. 그래도 또 아
저씨는 거슬러 주지도 않고 장사를 계속했다. 그 애는 돈 350원을
받을 것이 있다.

나는 그 아저씨가 사기꾼이라고 생각한다.

길에서 아이스크림을 팔고 있는 아저씨의 행동을 본 대로 썼습니다. 마지막에 그 아저씨가 사기꾼이라 생각한다고 적었는데, 정말 나쁜 장사꾼이라는 생각이 듭니다.

그런데 앞에서, 사랑의 마음이 없으면 보아도 보이지 않는다고 했는데, 이 얘기는 어찌 되는 것일까요? 미운 아저씨를 이렇게 잘 보고 썼으니 말입니다. 이 글을 쓴 어린이가 처음에는 그렇지 않았는데 나중에는 분명히 아저씨를 미워했습니다.

사람을 미워하는 것은 반드시 자기와 어떤 관계가 있기에 미워합니다. 여기서는 글쓴이가, 뽑기를 해서 거스름돈을 못 받고 있는 아이의 편이 되어 있으니 그 아저씨를 눈여겨보지 않을 수 없습니다. 사랑과 미움은 손바닥과 손등과도 같습니다. 사랑이 있기에 미움이 있는 것이지요. 글쓴이가 처음엔 아저씨를 재미있는 사람으로 보고 있다가 나중에 미운 생각으로 보게 된 것도 그렇습니다.

# 알맹이가 있어야

어떤 글이든지 알맹이가 되는 부분이 있습니다. 아무리 애를 써서 길게 썼다고 하더라도 알맹이가 들어 있어야 할 부분이 비어 있다면 그 글은 쭉정이입니다.

　다음에 드는 글은 '3학년 때의 선생님'이란 제목으로 쓴 6학년 아이의 글인데, 이 글을 쓴 아이는 3학년 때 배운 선생님을 잊을 수 없다고 말합니다. 그러니 이 글에서는 잊을 수 없는 그 선생님에 대한 얘기가 알맹이로 되어야 하겠는데, 그 알맹이가 들어 있는지 살펴봅시다.

　3학년 때의 선생님 초 6학년

　6월 12일 일요일

새 달의 아침을 맞은 지 이틀째 되는 날.

아침도 지나고 점심도 지나고 저녁때쯤 되었을 때였다. 따르릉따르릉 전화벨 소리가 울려 수화기를 들었다. "내가 누군지 알겠어요?" 굵고 무서운 목소리. 하지만 어디서인가 많이 들어 본 목소리. 한참이 되어서야 내가 3학년 때의 선생님이시라는 것을 스스로 깨달을 수 있었다.

2년이 지난 지금도 3학년 때의 선생님이 잊혀지지 않는다. 선생님의 코에 커다란 복점도, 여자 분이시지만 매서운 눈초리도 모두 나에겐 옛 추억이 되고 말았다.

지금까지도 나를 잊지 않고 계신 선생님이 매우 고마웠다.

'내가 이다음에 커서 한 가정의 어머니가 되더라도 3학년 때의 선생님을 잊지 않아야지!'라고 내 마음속 깊은 곳에 쩌렁쩌렁 울려 퍼지고 있는 것 같다.


2년이 지나도 잊히지 않는 그 선생님은 어떤 선생님일까요? "코에 커다란 복점"이 있고 "매서운 눈초리"를 가졌다는 것밖에는 이 글에 나타난 것이 없습니다. 단지 그런 얼굴 모습 때문에 잊을 수 없다고 하는 것은 이해가 안 됩니다. 그러니 이 글은 선생님을 잊을 수 없는 까닭, 선생님의 참모습, 곧 글의 알맹이가 없습니다. 더구나 앞머리에는 선생님한테서 전화가 와서 수화기를 들었다고까지 써 놓고는 실제

로 무슨 말을 주고받았는지 쓰지 않았습니다. 그러면서 마
지막에는 "선생님을 잊지 않아야지" 하고 "마음속 깊은 곳
에 쩌렁쩌렁 울려 퍼지고 있는 것 같다"고 더욱 빈소리를
해 놓았습니다.

같은 '선생님'을 제목으로 쓴 다음 글과 견주어 봅시다.

### 교장 선생님 최미향 경북 영천 영화초 6학년

선생님께서 교장 선생님이 다른 학교로 가신다고 하셨다. 그때 정
말 놀랐다. 그렇게 고마우신 교장 선생님이 가시다니…….

내가 5학년 때 당번 때 있었던 일이다. 그때는 수요일이어서 도시
락을 안 싸 와서 당번이 오늘도 남는다는 바람에 5시까지 배가 고
파서 울기까지 했다.

선생님이 보내 주셔도 배가 고파서 잘 못 가고 있는데, 교무실로
올라오시다가 나를 보시더니 몇 반이냐고 묻더니 "배가 고프겠구
나. 자, 이 돈으로 빵이라도 사 먹어라" 하시며 돈 100원을 주신 적
이 있었다.

그때 교장 선생님이 없었더라면 나는 배가 고파 죽었을 거다.

그렇게 고맙게 해 주신 교장 선생님이 가시다니 정말 너무나도 서
운하다. 우리는 왜 자꾸만 헤어져야 하나요. 이 세계에서 이별이란
없었으면 좋겠다.

'선생님'이란 제목으로 글을 쓰게 되면 흔히 형식으로 인사말만을 늘어놓기 쉽습니다. 이 글에서 첫머리에 교장 선생님이 다른 학교로 가신다고 해서 놀랐다고 말하고, 그렇게 고마우신 교장 선생님이 가신 것을 섭섭해하고 있는데, 이 말은 인사치례로 한 것이 아님을 그다음에 적어 놓은 얘기로 알 수 있습니다. 이 글은 이 아이가 진정으로 교장 선생님을 고맙게 생각하고 있고, 그래서 떠나신 것을 섭섭하게 여기고 있다는 것을 잘 알 수 있게 써 놓았습니다.

하고 싶었던 얘기가 분명하게 밝혀져 있는, 알맹이가 있는 글입니다.

# 자기 생각에
## 자신을 갖고 정직하게

흔히 어른들은 아이들에게 어떤 제목을 지정해 주어서 글을 쓰게 합니다. 그럴 때는 대개 어린이들이 쓰기 어렵거나 쓰고 싶지 않은 글을 쓰도록 하는 것이지요. 더구나 어른들은 이런 것을 써라, 이런 얘기를 만들어라, 하면서 써야 할 내용까지 지시하는 일이 흔히 있습니다. 이것은 아주 잘못된 가르침입니다. 선생님들이나 부모님들이 더러 몰라서 그러는 수가 있으니 부디 여러분들은 잘못된 가르침을 따라 거짓글을 쓰지 마십시오. 글은 어디까지나 본 대로 들은 대로 한 대로 생각한 대로 정직하게 써야 합니다. 모르는 것을 아는 척한다든지, 마음에도 없는 것, 쓰기 싫은 것을 억지로 쓰게 되면 거짓글이 된다는 사실을 잊지 말아야 합니다.

다음 글은 서울에 있는 4학년 남자아이가 쓴 '새 운동화'

란 글입니다. 이 글에서 시킴을 받아 쓴 부분은 어디인지 살펴봅시다.

새 운동화 남학생 서울 초 4학년

며칠 전 일요일이다. 내 운동화를 빨으시던 어머니께서 "기호 운동화는 다 떨어진 것을 괜히 빨았구나" 하셨다. 나는 그 말씀이 채 끝나기도 전에 "그것 봐. 그러니까 내가 신발 사 달라고 졸랐지 뭐. 비 오는 날엔 양말도 젖는데" 하며 뽐내듯이 말했다. 어머니께서 "그래, 오늘 일요일이니 꼭 운동화를 사자" 하시며 "그렇지만 네가 졸라 대는 비싼 신발은 사지 않는다. 가볍고 신기 편한 것 중 웬만한 것을 사자"고 말씀하셨다.

나는 그때 눈물이 고이고 말이 잘 나오지 않아 퉁명스런 소리로 "형만 나이키 사 주고, 내 친구들도 얼마나 많이 신었는데" 하며 눈물이 핑 돌았다.

옆에서 듣고 계시던 아버지께서 "기호야, 그렇게도 나이키가 신고 싶으니?" 나는 대답조차 아니 하고 토라졌다. 그런데 뜻밖에도 아버지께서 "그래, 그 신발 아빠가 사 줄게. 눈물 딱 그치고 그 대신 말 잘 듣고 공부 잘하는 거야" 하셨다.

나는 고개를 끄덕이고 눈물을 닦았다.

점심을 먹고 아빠와 같이 신발 가게에 가서 내 발에 약간 큰 파란색

나이키와 선물로 필통과 열쇠고리까지 받아 기뻤다.

신발 봉투를 들고 아버지와 같이 집으로 오는 내 마음은 하늘을 날 것같이 기쁘고 상쾌했다.

집에 오자마자 신발을 신고 온 집 안을 돌아다녔고, 공부도 했다.

저녁에 잘 때는 내 옆에 가지런히 놓고 오늘 밤이 빨리 가거라, 내일 새 운동화를 신고 학교 갈 것을 생각하니 잠이 오지 않았다.

친구들한테도 자랑하고 싶다.

그런데 선생님께서 국산품 애용에 관하여 글짓기를 해 오라는 말씀을 듣고 나는 이제서야 나의 잘못된 생각을 깨닫게 되었다.

나이키는 외국 상표이어서 수입했기 때문에 운동화값이 더 비싸다는 것을 형을 통해 알고 있었어도 어머니의 절약하는 마음을 몰라 준 셈이 되었다.

엄마한테 미안하며 운동화를 신고 뽐냈던 것도 한없이 부끄러워진다.

다시는 쓸데없이 어머니를 조르지 않을 것을 맹세하며 돈을 주고 사들이는 수입품보다는 국산품을 즐겨 쓰며 검소한 생활이 자라는 우리들 마음에 깊숙이 뿌리가 내리어 부강한 우리 나라 선진국들과 어깨를 나란히 하는 우리 나라가 되도록 우리 모두가 국산품을 애용해야 하겠습니다.


**이 글의 대부분을 차지한, 새 운동화를 사서 신은 얘기는,**

흔히 어린이들이 흉내 내어 쓰는 틀에 박힌 말과 글로 되어 있습니다. 그리고 선생님이 글짓기를 해 오라고 하셨다는 데서부터는 아주 선생님의 가르침을 그대로 늘어놓았습니다. 대관절 글짓기를 해 오라는 말 한마디로 이렇게 갑자기 착한 어린이로 변할 수 있을까요? 더구나 마지막 부분은 우습기 짝이 없는 졸렬한 어른의 말이 되었습니다.

말이 앞과 뒤가 제대로 이어지지 않는 대문도 있고, "알고 있었어도"는 '알고 있었지만'이라고 써야 우리 말이 됩니다.

다음 글은 어떤가 생각해 봅시다. 2학년 어린이가 쓴 '공부'란 제목의 글입니다.

공부 송영주 제주 제주북초 2학년

나에게는 형과 누나와 동생이 있다. 그래서 나는 다른 어떤 애들보다도 기분이 좋다. 왜냐하면 나를 보호해 주는 사람들이 많기 때문이다. 하지만 나는 듣기 싫은 소리가 딱 한 가지 있다.

그것은 날마다 "공부해라" "받아쓰기 연습해라" 하는 집안 식구들의 소리다. 그중에서도 더구나 엄마가 더 말씀하신다.

나는 사실상 받아쓰기를 잘 못한다. 받아쓰기는 못하지만 산수는 잘한다. 그래서 나는 산수만을 공부한다. 그러나 엄마는 둘 다 잘하라는 것이다. 나는 그것이 싫다. 왜 여러 가지를 다 공부해야 되는지 모르겠다.

그리고 우리 형이나 누나들도 한 가지가 아닌 아주 많은 과목을 공부하고 있다. 내가 이다음에 커서 대통령이 되면 많은 과목 중에서 한 과목만을 공부하라고 해서 공부에 지쳐 있는 형이나 누나를 도와주고 싶다.

이 글에 나타난 생각은 아주 남다른 것입니다. 그러기에 개성이 있는 살아 있는 글이 되었습니다. 글을 쓸 때는 '내 생각은 남들과 아주 다르다. 내 생각을 그대로 쓰면 남들이 어떻게 볼까? 비웃지는 않을까?' 이런 생각을 아주 싹 버려야만 정직한 글, 좋은 글을 쓸 수 있습니다.

# 착한 어린이가 된 것처럼
## 쓰지 말자

어린이 여러분이 보낸 글을 읽으면 자기가 실제로 한 일을 정직하게 쓰지 않고 거짓스럽게 꾸며 만든 글이 너무 많습니다. 왜 우리 나라 어린이들이 이런 글을 쓰는지 한심합니다. 이것은 아마도 착한 아이가 된 것처럼 쓴 글을 선생님이나 부모님이 반가워하기 때문이란 생각이 듭니다. 그래서 첫머리에는 무슨 나쁘다고 생각되는 일을 한 것처럼 적어 놓고, 그다음에는 그것을 뉘우쳐서 착한 아이가 된 것처럼 쓰지요. 실제로 그런 글을 써서 상까지 받는 어린이가 많으니 기가 막힙니다. 다음에 드는 글도 이런 글 가운데 하나입니다. 6학년 여자아이가 쓴 '책가방'이란 제목의 이 글에서 어디가 잘못되었는지를 찾아보세요. 하도 이런 글만 자꾸 읽다 보면 거짓글을 참글인 줄 알게 됩니다.

책가방, 책가방 하면 생각난다. 그러니까 2년 전의 일이다. 나는 헌 책가방을 버리고 새 책가방을 사고 싶었다. 그래서 칼로 책가방을 찢었다. 한참 있다가 방문이 '드르륵' 열리더니 아버지께서 하시는 말씀이 글쎄 "영주야, 물건을 아껴 써야 하는 거야."

나는 속으로 아차, 아버지께서 내가 책가방을 칼로 찢는 것을 보셨구나 생각하니 가슴이 두근두근거렸다.

아버지께서 내 책가방을 보시더니 새 책가방을 사 주신다고 하셨다. 나는 뛸 듯이 기뻤다. 하지만 한편으로는 아버지께 죄지은 느낌이 들었다.

저녁 식사를 마치고 아버지와 함께 책가방을 사 가지고 왔다. 내일 빨리 학교에 가서 자랑을 하고 싶었다. 이런 생각, 저런 생각을 하고 있으려니까 12시를 알리는 종이 울렸다. 나는 내일 늦게 일어나면 어떡하나 하고 걱정을 하였다.

아침에 일어나 보니 8시였다. 나는 밥을 먹는 둥 마는 둥 하고 학교로 달려갔다. 아이들은 아침 자습을 하고 있었다. 나도 아이들 틈에 끼어 아침 자습을 하고 나가 놀았다. 나는 내 책가방이 어느 누구의 것보다도 좋다고 생각한다.

그런데 나는 내 책가방이 싫어져 갔다. 무엇이든지 오래 쓰면 싫어지기 마련이다. 그래서 나는 툭탁 하면 책가방이 싫다고 마구 때렸다. 지금 생각하니 우습다. 내가 왜 그때 그랬을까? 아마 철이 들지 않아서인가 보다.

책가방은 나 몰래 막 울었을 거다. 주인을 잘못 만났다고. 내가 지금까지는 새것만 좋아하는 아이였지만 이제부터는 물건을 아껴 쓸 줄 아는 착한 어린이가 되겠다.

책가방, 책가방은 나의 영원한 친구이며 언제까지나 동생처럼 아끼고 사랑해 줄 것이라고 생각하며 집으로 오는 길에 저녁노을이 서산마루를 붉게 물들이고 있었다.

이 글의 첫머리에 대뜸 칼로 가방을 찢었다고 했는데, 정말 그런 짓을 했는지 믿기지 않습니다. 그렇게 쉽게 아무 생각도 없이 책가방을 찢어 버릴 수가 있을까요? 그런데 칼로 책가방을 찢는 것을 본 아버지가 꾸짖지도 않고 "영주야, 물건을 아껴 써야 하는 거야" 하면서 새 책가방을 사 주셨다는 것은 더욱 이상합니다. 새로 산 책가방을 가지고 내일 학교에 가서 자랑하고 싶어 잠이 안 온 것처럼 쓴 것도, 다음 날 아침밥도 먹는 둥 마는 둥 학교에 갔다는 말도, 이런 사실이 흔히 있을 수 있지만 이 글에서는 늘 하는 투로 쓰는 이런 따위 글을 흉내 낸 것이라고 느껴집니다. 또 새 책가방이 어느새 싫어졌고, 싫어진 것을 이제는 다시 뉘우치고 있습니다. 마지막에 가서 "…… 집으로 오는 길에 저녁노

을이······" 하고 쓴 것도 아주 엉뚱하게 갖다 붙인 흉내글이요, 거짓글입니다. 자세하게 검토하면 더 많은 잘못과 거짓된 꾸밈을 들 수 있지만 대강을 말해서 이렇습니다. 물건을 아껴 쓰는 착한 아이가 된 것처럼 써서 선생님의 칭찬을 받고 싶었던 것이지요.

그러나 진정으로 쓰지 않은 글은 결코 남에게 감동을 주지 못하며, 거짓된 말과 글은 그 사람의 마음을 비뚤어지게 하고 읽는 사람에게 불쾌한 느낌을 줍니다. 무엇보다도 착한 아이, 훌륭한 아이가 된 것처럼 쓰지 마세요. 선생님께서 가르치시는 교훈을 잘 지킨 아이가 된 것처럼 쓰지 마세요. 자기가 쓰고 싶은 것, 실제로 겪은 일을 사실 그대로 자세하게 붙잡아 써야 참글이 되고 재미있게 읽힙니다.

다음 글을 읽어 봅시다.

김치 이영준 경북 영천 영천초 4학년

집에 왔다. 수상하다. 저 신발 누구 신발일까? 우리 엄마가 사 가꼬 왔는강?
신발이 좀 커서 엄마는 아닌 것 같다. 도둑인가 하는 생각을 하니 가슴이 방망이질을 한다. 그러나 여자 신발이다.
"엄마–" 하고 크게 부르니 누구 목소리가 난다. 어디서 조금 들어 본 목소리이다. "할무니이―" 하고 방에 들어가니 역시 대구에 계시 던 외할머니이다. 방에 들어가 할머니가 사 오신 새우깡을 먹을려 하니 "밥 먹고 무라" 하셨다. 밥과 같이 김치를 먹었다.

할머니가 너무 매울까 봐 물에 씻어 주었다. 김치가 너무너무 싱겁 다. 순 맹물이다.

"할무이요, 이거 왜 이래 싱겁노?"

"이거 그냥 무믄 짭으가꼬 미친다."

"나는 다른 사람 입과 다르다. 그래서 암만 맵다 카는 거 무도 안 맵다."

"그카믄 고추장에 살짝 찍어 먹어래이."

할머니 말씀대로 불이 나게 맵다. 수도물이라도 있으면 한 바가지 먹을 수 있겠다. 옆에 있는 주전자를 그냥 쳐들고 꿀꺽꿀꺽 마셨 다.

- 사 가꼬: 사 가지고. • 짭으가꼬: 짜서.
- 맵다 카는: 맵다 하는. • 무도: 먹어도. • 그카믄: 그러면.

이 글은 무슨 별난 일을 겪은 얘기가 아닙니다. 학교에서 집에 돌아오니 외할머니가 와 있었다는 것, 그 외할머니와 밥을 먹었다는 얘기입니다. 그런 아주 간단한 내용인데 얼 마나 재미있습니까? 글을 일부러 잘 보이려고 꾸며 만들었 다면 결코 이런 좋은 글이 되지는 않았을 것입니다. 다만 자기가 본 것, 느낀 것, 들은 것, 한 것을 겪은 그대로 자세하게 되살려서 간결한 말로 썼을 뿐이고, 그래서 재미있는 글이 되었습니다. 평범한 나날의 일도 그것을 자세하게 쓰면 이렇게 좋은 글이 될 수 있다는 것을 알아야 합니다.

이 글을 다시 처음부터 살펴보기로 합니다. 맨 처음에 학교에서 집으로 돌아와 보니 방문 앞에 낯선 신발이 보여 놀랍니다. 그것을 이 어린이는 이렇게 썼습니다.

집에 왔다. 수상하다. 저 신발 누구 신발일까? 우리 엄마가 사 가꼬 왔는강?

이런 얘기를 보통의 어린이라면 거의 모두 다음과 같이 쓸 것입니다.

나는 학교에서 집으로 돌아왔다. 방문 앞에 가니 낯선 신발이 놓여 있었다. 이상하다. 누구 신발일까? 우리 엄마가 사 신고 온 신발일까? 생각했다.

이렇게 쓰면 글의 길이가 배로 늘어납니다. 군더더기가 없이 쓴 것 같은데 길이가 배로 늘어났고, 그러면서도 짧고 간결하게 쓴 앞의 글보다 맛이 영 덜 납니다.

이 아이는 아주 짧은 말로서 자기의 행동, 느낌과 생각, 본 것, 들은 것 들을 놀랄 만큼 잘 쓰고 있습니다.

우리 엄마가 사 가꼬 왔는강?

'사 가지고 왔는가?'가 아니고 "사 가꼬 왔는강?"입니다. 방문 앞에서 잠시 고개를 갸웃거리고 서 있는 모습이 눈에 선합니다.

그런데 그 신발이 좀 커서 엄마 것은 아니란 생각이 들자 갑자기 도둑이 왔는가 싶어 가슴이 두근거립니다. 그러나 여자 신발입니다. 여자 신발이라고 생각하자 "엄마―"하고 저절로 부르게 됩니다. 방에서 목소리가 나는데, 어디서 들어 본 목소리입니다. 그 순간 "할무니이―" 하고 뛰어들어갑니다. '아, 할머니가 왔구나' 하는 말도 없습니다. 그런 설명이 없이 다만 행동한 것을 써서 속마음을 보여 주고 있습니다.

할머니와 김치를 먹으면서 말을 한 대문도 살아 있는 자기의 말로 아주 잘 썼습니다.

이 글은 뛰어나게 훌륭한 글이라고 생각합니다. 이 아이는 아마도 글을 많이 써 보기도 하였겠지만, 그보다도 자기가 한 일을 자기의 말로 쓰는 데 기쁨을 느끼고 있으며, 온 마음을 기울여 글을 쓰는 태도가 되어 있는 것이 확실합니다. 어른들은 글을 쓰는 훈련을 많이 쌓아야 감동 있는 글을 쓸 수 있지만, 어린이들은 글을 쓰는 수련보다 쓰고 싶은 것을 정직하고 분명하게 쓰는 태도를 갖는 것이 더 중요합니다. 그 누구의 시킴을 따르거나 자랑거리로 내보이려는 비뚤어진 생각에서 벗어나, 자기가 겪은 일을 자기 자신의 말로 올바르게 쓰는 태도가 든든하게 되어 있기만 하면 저절로 좋은 글이 써집니다.

# 긴 글을 써 보자

글이란 반드시 길게 써야 좋은 글, 가치가 있는 글이 되는 것은 아닙니다. 겨우 몇 줄밖에 안 되는 글이 열 장이나 되는 글보다 더 읽을 만하고 가치가 있을 수 있습니다. 그러나, 그것은 특별한 경우입니다. 누구든지 자기의 생각이나 한 일을 남들에게 분명히 알리자면 글이 어느 정도 길어야만 됩니다.

우리 나라 어린이들이 쓴 글의 길이는 대체로 초등학교 1·2학년이면 2백 자 원고지로 한 장에서 석 장, 3·4학년이면 두 장에서 다섯 장, 5·6학년이면 석 장에서 일곱 장입니다. 평균이 그렇다는 것입니다. 그러니 글을 좀 잘 쓰고 싶어 하는 사람은 이보다 더 길게 쓸 수 있고, 또 길게 써야 합니다.

글을 쓸 때는 자기가 한 것을 다시 자세히 되살려 생각해 내어서 차근차근 써 나가야 하는데, 그런 것을 귀찮게 여기고 참지 못하면 안 됩니다. 그러니까 어느 정도 긴 시간을 끈질기게 앉아 버티는 정신의 힘이 필요합니다. 생각하면 이런 정신의 힘은 요즘 어린이들한테서는 찾기 힘든 아주 귀한 것입니다.

글을 쓸 때마다 길게 쓰라는 것이 아닙니다. 때로는 긴 글을 가끔 쓰는 것이 큰 공부가 된다는 말입니다. 열 장, 스무 장, 서른 장, 이렇게 쓸 수도 있겠는데, 어떤 때에는 한 제목의 글에 며칠 동안 매달려 쓰는 일도 있으면 좋겠습니다.

다음은 좀 긴 글의 보기입니다. 골목에서 동무들과 놀았던 얘기인데, 보통 이런 글감으로는 원고지 다섯 장 정도면 다 써 버립니다. 이 어린이는 어떻게 써서 이런 긴 글이 되었는지 잘 살펴 읽어 주세요.

피구 공현주 서울 쌍문초 6학년

우리 동네에는 6학년 여학생이 4명 있다.
남색의 우리 대문이 있는 골목 안에서 사는 6학년 여학생은 나까지 3명이지만 다른 골목의 아이 한 명도 끼어 4명이 된다.
2명은 사립, 2명은 공립으로, 4명은 다니는 학교가 각각 다르다.

학교의 종류가 같아서인지 성격이 맞아서인지 사립학교인 동북 다니는 은진이와 마찬가지로 사립인 영훈 다니는 주영이와는 언제나 단짝이 된다.

그러나 반대로 공립인 쌍문 다니는 나와 마찬가지로 공립인 신창 다니는 윤선이는 언제나 단짝이 된다.

어느 날 오후 나는 이웃 정호의 집에서 빌려 온 햄릿의 마지막 대목, 주인공 햄릿이 쓰러져 죽는 대목을 읽으며 왠지 가슴 찡해하고 있을 때, 밖에서 와자지껄하는 소리가 나더니 여러 아이들이 마당에 들어온 듯한 소리가 들렸다. 그러더니 부엌에 계시는 우리 어머니께 누군가가 막 조르는 소리가 들렸다.

"아줌마, 찜통 같았던 무더운 낮도 물러가고 어느덧 신선한 바람이 부는 저녁이 왔습니다. 그러는 뜻에서 무더운 낮에 집에만 틀어박혔던 현주를 구해 주러 왔는데요. 저…… 현주 피구 해도 돼요?"

처음에는 장황하게 시작을 하더니 끝에 와서는 간신 같은 투로 빨리 말하는 윤선이의 말투에 어머니께서도 어이없는 듯 웃으셨다. 그러나 대답만은 빈틈없이 그대로셨다.

"현주 책 피는 기회가 별로 없는데 지금 책을 피고 열심히 읽고 있어서 안 되겠다."

"아잉~ 아줌망……."

"안 돼. 너희도 가서 책 보렴."

"아잉~ 아잉, 아줌마."

윤선이의 끌탕은 계속되었다.

그러자 끝내는 어머니께서도 허락을 해 주셨다.

"해라, 해. 아휴, 시끄러워."

"고맙습니다. 현주야, 나와라. 나와! 허락하셨어."

"예스!"

나는 윤선이가 어머니께 조르는 사이에 체육복으로 갈아입고 부르기를 기다리고 있었다. 왜냐하면, 처음에는 안 된다시지만 끝내는 허락하시는 어머니의 약점(?)을 알고 있었기 때문이다.

나는 얼른 운동화를 신고 어머니께 "고맙습니다" 하며 아이들을 좇아 줄행랑을 쳤다.

피구는 우리 집 앞에서 했다.

놀 자리가 만만찮은 우리들에겐 아쉬운 대로 노는 공터가 우리 집 앞이기 때문이다.

나가자마자 편 가르기를 했다.

"뒤집어라, 엎어라."

"한 판."

"뒤집어라, 엎어라."

"두 판."

아이들은 편 가르기를 이렇게 한다.

난 어떻게 하는지도 모른 채 손등을 위로 하든 손바닥을 위로 하든 하면 아이들이 모두 처리해 준다.

그때, 은진이와 주영이는 마주 보고는 씽긋 웃더니 마지막 판에 똑같이 손바닥을 위로 해 한편이 되었다.

나는 이것을 보고 윤선이에게 귓속말로 속삭였다.

"야, 은진이랑 주영이 아무래도 짜고 한 것 같더라."

"그래, 나도 그런 것 같더라."

"얘, 친구끼리 그러는 게 어디 있냐? 우리 본때를 보여 주자."

"그래."

윤선이와 내가 귓속말을 하자, 은진이는 기분 나쁜 듯 투덜거렸다.

"야, 너희 둘만 귓속말하면 기분 나쁘잖냐? 빨리 시작해!"

뚱보 은진이 화낸다고 내가 참아?

"그럼 너두 주영이랑 귓속말하면 되지. 왜 괜히 신경질이야?" 하고는 윤선이를 향해 씽긋 웃었다. 술래를 뽑기 위해 가위바위보를 했다.

"누가 먼저 하나."

"으휴."

은진이와 윤선이가 했는데 은진이가 죽어 주영이가 나왔다.

"누가 먼저 하나."

"으휴!"

이번엔 윤선이가 죽었다. 이제 내 차례가 되었다. 그런데 갑자기 주영이를 골려 주고 싶어졌다.

"누가 먼저 하나."

"가위 바위 보슬보슬 개미 똥구멍멍 개가 잘도 짖는 다람쥐가 빨래를 한다."

주영인 먼저 가위를 내고 찜찜해했다.

나는 추리를 시작했다.

주영인 먼저 가위를 내었다고 내가 바위를 낸다고 생각할 것이다.

그리고 보를 낼 것이다. 그래, 난 보를 이길 가위를 내야지.

"이번엔 그러기 없다."

주영이가 주의를 주었다.

"누가 먼저 하나."

"야호!"

내가 이겼다.

주영이는 탐색전에 말려들었다.

역시 탐색전은 효험이 있다. 난 신이 났다. 하늘을 날고 싶었다. 그러나 주영이는 골이 나 있었다.

그 애가 골이 나면 무섭다.

성난 파도 같아진다.

'그러나, 흥! 나도 성질이 있지.'

주영이는 언제나 나를 향해 던졌다. 그러나 나는 쉬이 죽지는 않았다. 오히려 던지는 공을 잡았다. 덕분에 우리 티임은 점수만 올라갔다. 그러나, 내가 공을 잡을 때마다 주영이는 씨익 씨익 하는 소리를 내었다. 그런데 아깝게도 은진이가 던진 공에 윤선이가 등을 맞고 죽었다.

나도 윤선이를 살리려다 8번째 피하는데, 주영이가 던지는 척해서 여느 때처럼 잽싸게 피했는데 다시 보니 안 던지고 있어서 마음 놓고 윤선이를 보고 어이없이 웃을 때, 진짜로 던지는 주영이의 공에 손등을 맞아, 죽고 말았다.

진짜 아까웠다. 2~3번만 더 피했으면 윤선이도 살고 나도 살게 되는데…….

주영이네 차례가 되었다.

이젠 내가 복수할 수 있는 차안스가 온 것이다.

난 복수를 했다. 주영이처럼 모션을 써서…….

주영이네는 쉽게 죽었다. 10분에 사그리 무너지고 말았다.

이번에 또 우리 차례가 되었다.

난 여러 번 받고 재치 있게 피했다.

그런데 은진이 공을 피하려다, 그만 근처의 쓰레기통 모서리에 '꽈당' 하고 무릎 관절을 박고 말았다.

너무 아팠다. 일어서지 못할 정도로 눈물이 핑 돌고 아팠다.

그러나 그때는 우리가 이겼다는 것에 통쾌해하지 않을 수 없었다.

옆에서 주영이가 싱글벙글 웃고 있는 줄도 모른 채. 그러나 나중에 주영이의 얼굴을 보고는 성을 내며 집으로 왔다.

'어쩌면 그런 애가 있담. 남은 관절을 모서리에 부딪쳐, 주저앉아

끙끙 앓고 있는데 곁에서 싱글벙글 웃다니!'

하지만 지금 책상에 앉아 생각을 해 보니 너무 창피하다. 그깐, 편 가르기로 친구를 미워하다니…….

지금 생각해도 가슴이 벌렁벌렁 뛴다. 아유, 책상 밑에 숨고 싶다.

돼지우리 같은 책상 서랍을 뒤져 보니 내가 찾던 카드가 나왔다.

그 카드에는 이렇게 적혀 있었다. 간단하게-

우리 영원한 벗 되자.

생일 축하해 – 주영

'그래, 우리 영원한 벗 되자.'

훤히 내다보이는 우리 집 하늘에는 초콜렛같이 까만 밤하늘이 있었고 그곳에는 옥수수알 같은 노란 별들이 박혀 있었다. 그리고, 호떡같이 둥근 보름달이 싱글벙글 웃고 있었다.

그 먹음직스러운 풍경들은 나를 이렇게 다짐케 했다.

'내일 주영이에게 가위바위보 한 것 사과해야지.'

나는 그제야 마음 놓고 잠자리에 들어갈 수 있게 되었다.

이 글은 놀이를 시작하기 전의 얘기, 가위바위보를 해서 편을 가를 때의 모습, 피구 놀이의 광경, 마치고 나서 지금 글을 쓰면서 생각한 것—이렇게 네 단계로 얼거리를 잡아서 썼는데, 아주 자세하게 한 것을 되살려서 쓴 점은 많은 어린이들이 배울 만합니다. 다만 몇 군데, 사실과는 좀 어긋나는 느낌을 주는 말이 있습니다. 더구나 마지막 부분에서 놀라운 글솜씨를 보여 주고 있는 것이 일부러 썼다는 느낌이 듭니다. 이런 글에서 반드시 결말을 이렇게 아름다운 말로 맺어야 하는 것은 아닙니다. "지금 생각해도 가슴이 벌렁벌렁 뛴다. 아유, 책상 밑에 숨고 싶다"고 한 것은 더욱 부자연스럽고, 거짓스럽게 느껴집니다.

그리고 이 글 전체가 그다지 재미가 없습니다. 긴 글은 그만큼 길게 써야 할 가치가 있는 내용이 담겨 있어야 하는 것이지요.

그래도 좋아요. 먼저 이렇게 긴 글을 쓰는 공부를 힘들여 했으니까요.

다음에는 이렇게 긴 글을 줄여서 아주 짧게 쓰는 공부도 해 보세요. 놀이한 것 가운데서 꼭 남에게 보여 주고 싶은 대목만을 자세하게 쓰고, 그 밖의 것은 간단하게 쓰거나 아주 줄여 버리면 되지요. 억지로 꾸민 말도 아주 없애 버리면 좋겠습니다.

# 저학년의 글쓰기

1, 2학년 어린이들은 쓰기 전에 미리 얼거리를 잡는다든지, 단락을 생각한다든지 할 필요가 없습니다. 그럴 수도 없지요. 자기가 한 일을 한 차례대로, 생각나는 대로 쓰면 됩니다.

1학년 어린이가 글자를 익혀서 처음으로 글을 쓸 때는 '나는 아침에 일어났습니다. 나는 이불을 갰습니다. 나는 세수를 했습니다. 나는 참새 소리를 들었습니다. 나는 밥을 먹었습니다. 종희가 찾아왔습니다. 나는 종희와 같이 학교에 갔습니다' 이렇게 쓰게 됩니다. 그러다가 차츰 남의 글도 읽고 하면 '나는 아침에 일어나서 이불을 갰습니다. 나는 세수를 하다가 참새 소리를 들었습니다. 밥을 먹고 있는데 종희가 찾아와서 얼른 밥을 먹고 같이 학교에 갔습니다' 이렇게 말을 이어서 쓸 줄 알게 됩니다.

다음에 보기로 드는 글은 쓴 지가 퍽 오래되었습니다만 여기서 여러분들은 두 가지를 배워야 합니다. 하나는 자기가 한 일을 차례로 자세히 생각해 내어서 쓰는 것이고, 다음 또 하나는 입으로 말을 하듯이 쓰는 것입니다. 이 두 가지를 잘 지키면 살아 있는 글을 쓰게 됩니다.

### 집에 갈 때 서진석 초 1학년

학교에서 청소를 하구 가다 신 통에서 신을 끄내서 신꾸서 이재광하구 오순길하고 배동수하고 윤경섭하구 송암우하고 이은경하구 한명부하구 신인범하구 나랑 가다 여덟 사람은 앞에루 해서 왼편이루 가다 바른편이루 가다 뛰다가 걸어가다 했습니다.

우리 넷은 게기를 잡구 있었습니다. 인저는 막는데 둥데를 찌드락케 해 각구 게기 나오나 알라구 둥데를 조끔 타 놓구서루 손을 댔습니다.

그래서 내가 앞에다 막구 푸머 각구 게기를 잡는데 게기가 두 마리 펄떡펄떡 뜁니다. 그래서 잡을라구 하는깐 금저리가 나한테루 와서 얼렁 행길께루 나왔습니다.

또 들어가는깨 또 있어서 신짜기루 꾹 찔러다 내삐렀습니다. 그래서 석영성이가 어이구 하면서 그것두 못 잡어 했습니다. 얘더라 얘

야 이 게기 내뻴자 하니깨 석영성이가 나다구 해서 줏습니다. 얘 이
거 내뻴자 그래 내삐렀습니다.

그래서 왼편이루 가다 바른편이루 가다 했습니다. 그래서 내 이야
기는 거만입니다.

- 게기: 고기.  • 검저리: 거머리.  • 신짜기: 신짝.
- 거만입니다: 그만입니다.

이 글에서 줄 바꾸기를 했습니다만, 쓰기 전에 그런 계획
을 한 것은 아닙니다. 어쩌면 담임선생님이 이렇게 줄을 바
꿔 놓았는지도 모릅니다.

다음은 2학년 어린이가 쓴 것입니다. 제목이 '우리 아버
지'인데 선생님 얘기도 나옵니다. 생각나는 대로 쓰다 보니
그렇습니다. 그러나 1, 2학년 어린이의 글은 이래도 좋아요.
이보다 더 엉뚱한 말, 제목과 상관없는 얘기가 나와도 좋습
니다. 제목을 무엇이라고 써 놓았든지 다만 쓰고 싶은 것을
마음껏 쓰면 됩니다.

우리 아버지 김용환 경북 성주 대서초 2학년

아버지는 나에게 공부를 가르쳐 주셔서 이렇게 공부를 잘하게 되
어서 우리 아버지가 서울에 가셔서 시계를 사다 주셨다.

또, 다음엔 옷을 한 벌 사 주신다고 하시기 때문에 나는 아버지를 고맙게 생각한다.

그리고 우리 누나도 시계를 끼고 있는데 시계줄이 끊어져서 오늘 아버지께서 시계줄을 갈고 오겠다고 말씀하셨다.

그리고 아침에 샤프 500원짜리를 주셨다. 나는 참으로 고맙게 생각했다.

또 아버지께서는 밤마다 공부를 잘하라고 타이르신다.

나는 대구에 최희숙 선생님께 편지를 보내려고 하니까 편지지가 없어서 편지를 못 보내고 있는데 아버지께서 돈 100원을 주셨다. 편지지 2장 40원과 60원짜리 우표를 사라고 하셨다.

그리고 이 학교로 전학을 와서 1학년을 마치고 2학년 책을 받는 날 내 책은 대구에서 받아야 된다고 하시기 때문에 나는 학교를 마치고 집에 돌아와서 아버지께 말씀드렸더니 아버지가 대구까지 가셔서 내 책을 받아 오셔서 나는 정말 기뻤다.

그리고 아버지께서 하시는 말씀이 대구의 선생님이 우리 아버지를 보시고 용환이 반장이 되었냐고 물으셨다. 우리 아버지는 반장이 되었다고 말씀하셨다. 편지는 어제 보냈다.

나는 1학년 선생님이 보고 싶다. 나는 여름방학에 대구의 선생님을 만나러 간다고 말씀드렸다. 며칠 있으면 5월 8일 어버이날이 되는데 나는 아버지께 선물을 하고 싶은데 무엇을 할까 하고 날마다 생각했다. 그래도 생각이 나지 않았다. 그런데 오늘 겨우 선물할 것을 생각해 냈다. 노래를 할려고 한다.

아버지께서는 선물은 안 해도 좋으니 몸 튼튼하고 훌륭한 사람이 되어라고 하셨다. 그래도 나는 선물을 할려고 한다.

아버지는 나를 매우 사랑하신다. 나도 아버지가 좋다. 그리고 대구에서 여름방학에 점심을 먹고 나서 장난을 쳤다. 참 재미있었다.

(1983. 5. 2.)


1, 2학년 어린이들은 글을 쓸 때 거의 모두 '합니다'체로 씁니다. 곧 '주십니다' '생각합니다'…… 이렇게 쓰지요. 그러나 어쩌다가 '한다'체로 이와 같이 "주셨다" "생각한다"고 쓸 수도 있습니다. 어느 쪽이든지 쓰기 쉬운 쪽으로, 쓰고 싶은 쪽으로 쓰면 됩니다.

# 쉬운 말, 알맞은 말을 쓰도록

### 글다듬기의 실제

글을 한 번 쓰기만 해서 다시 읽지도 않고 그대로 남에게 보여서는 안 됩니다. 아무리 잘 쓰는 사람이라도 쓴 것을 다시 읽어서 맨 처음 쓰고 싶었던 내용이나 생각이 그대로 잘 나타나 있는가를 살펴서 잘못된 점을 고쳐야 합니다. 쓰고 싶었던 것이 충분히 나타나지 않은 곳은 더 보태어 써넣을 것이고, 필요 없는 말은 빼고, 틀린 말이나 알맞지 않은 말은 꼭 맞는 말로 바꾸어야 합니다. 한 번, 두 번, 때로는 두고두고 여러 번을 그렇게 고치고 다듬을 수 있습니다만, 여러분은 적어도 한두 번은 다시 읽어서 고치는 것이 좋겠습니다. 다음에 글다듬기의 보기를 들겠습니다.

이 글은 내가 고칠 수 있는 부분만을 이렇게 내 생각대로 고쳤지만, 이 글을 쓴 어린이는 내가 고친 것을 불만스럽게 생각할는지 모릅니다. 그리고 내가 고칠 수 없는 부분은 다만 지적만 해 두었습니다. 또 내가 지적하지도 않은 곳을 이 어린이는 다시 읽어 보고 불만스럽게 생각해서 고칠 수도 있겠습니다. 또 한 가지, 이 글은 한 글월이 끝나는 곳마다 줄을 바꿔 써 놓았는데, 이 어린이가 글 쓰는 버릇이 이렇게 잘못 든 것 같습니다.

바이올린 대구 신천초 5학년

학교에서 특활부로 바이올린부를 모집한다고 했다.

나는 바이올린을 좋아하고, 그 악기를 연주하고 싶어 했으므로 관심이 있었다.

①학교에서 선생님께서 가정에서 허락 가능이 있는 사람만 원서를 받아 가라고 하셨다.

나는 원서를 받아 와 언니에게 옷도 털어 주면서 "언니, 나 바이올린부에 들어가면 안 돼? 일주일에 3번씩 하고, 한 달에 5000원 미만이래. 바이올린 가격은 4만 원에서 5만 원 사이래. 또 계명대학교 바이올린과 교수님이 오셔서 지도하셔. 응?"

②부탁해 보았다.

아버지는 시골에 계시고, 어머니는 시골 일이 바빠 거들러 갔으므

로, 언니도 자기 마음대로 ③ 할 수 없었던 것이었는지 말을 하지
않았다.

언니가 말을 하지 않으니 부풀어 있는 마음이 ④ 콩알만 해졌고,
⑤ 자기 부탁을 했다.

드디어 언니가 말을 했다.

"그만 배우지 마"라고.

나는 ⑥ 맑게 떠 있던 얼굴이 갑자기 울 일도 아닌데 눈물로 가득
차서 욕실에 가서 울었다.

내가 바이올린을 배우는 모습을 머릿속에 상상해 보니 참 재미있
을 것 같아, 배우고 싶은 마음은 더욱 더해 갔다.

'나도 ⑦ 남과 평등한데 바이올린 정도는 배울 수 있잖아.'

바이올린이 나를 노예로 만드는 것 같아진다.

⑧ 바이올린은 교양적인 악기인데 ⑨ 왜 반대를 할까?

매일 다음번에 기회가 있을 거라고 하면 공부도 안 해도 되겠네.

⑩ 다음 기회에 기회가 있으니까. ⑪ 히히히……


　　위의 글에서 밑줄을 친 부분은 고쳐야 한다고 생각하여,
내 의견을 다음에 적어 봅니다.

　　① "학교에서 선생님께서 가정에서" 이런 말은 어수선하
여 잘 읽히지 않으니 고쳐야 하겠습니다. '학교 선생님은 가
정에서' 하든지 '선생님은 집에서' 하면 되겠지요.

"허락 가능이 있는" 이것도 껄끄럽게 만든 말이니 쉽고 부드러운 말로 고쳐야 하겠어요. '허락을 받을 수 있는' 하면 좋겠습니다.

② 여기는 "부탁해 보았다" 앞에 '하고'란 말이 있어야 글이 잘 이어집니다.

그러나 이렇게 입으로 하는 말이 어느 정도 길게 나올 때는 마주이야기말(대화글) 앞의 글을 뒤로 잇지 말고 거기서 끝맺어 버리도록 하는 것도 좋겠습니다. 곧, "부탁해 보았다"란 말을 마주이야기말 앞에 나오는 "털어 주면서" 다음에 곧이어 쓰는 것이지요. '나는 원서를 받아 와 언니에게 옷도 털어 주면서 부탁해 보았다' 이렇게 말입니다.

③ 여기는 '할 수 없었는지'로 쓰면 훨씬 더 시원스럽게 읽히겠지요.

④ 이 말은 뒤로 잇지 말고 '콩알만 해졌다' 이렇게 끝맺는 것이 낫겠습니다.

⑤ "자기 부탁"이라니 무슨 부탁인가요? "자기"는 또 누구인가요?

⑥ 부자연스러운 말입니다. 아주 없애 버려도 좋겠어요.

⑦ "남과 평등한데"란 말은 잘 맞지 않는 말입니다. 달리 쓰든지, 아주 지워 버려도 되겠습니다.

⑧ 여기는 '바이올린을 배우는 것은 교양인데'로 쓰는 것

이 더 낫겠지요.

⑨ 집안 살림 형편도 생각해야 하지 않을까요?

⑩ '다음에 기회가 있으니까'로 써야 말이 되겠습니다.

⑪ 너무 경박한 태도라고 느껴집니다. 왜 이런 말을 썼는지, 없애는 것이 좋겠어요.

이 밖에도 더 있습니다. "했으므로" "갔으므로"라고 쓴 것은 틀린 말은 아니지만 보통 입으로 하는 말대로 '했기에'(싫어 했기에→싫었기에) '갔기에'(갔기 때문에)라고 쓰는 것이 좋겠습니다. 또 "바이올린이 나를 노예로 만드는 것 같아진다"고 한 말도 맞는 말인지 생각해 보아야 하겠습니다.

# 살아가는 태도와 글쓰기

글을 어떻게 평가해야 할지 모른다면서 편지로 묻는 어린이가 가끔 있습니다. 평가란 글의 값어치를 매긴다는 말이지요. 그런데 여러분들은 글을 평가할 수도 있지만 평가보다는 맛본다(감상한다)고 하는 것이 좋겠습니다. 물론 맛보는 데서도 글을 비평할 수 있습니다.

온갖 체험과 느낌과 생각을 써 놓은 글은 여러 가지 맛이 나는 음식에 견줄 수 있습니다. 글을 읽었을 때 어떤 맛이 나는가? 단맛, 구수한 맛, 신맛, 향긋한 맛, 쓴맛, 쫄깃한 맛, 그 밖에도 얼마든지 들 수 있는 온갖 맛이 난다고 할 수 있는데, 아무 맛도 나지 않거나 고약한 맛이 나는 글도 있지요. 그런 글은 좋지 못한 글입니다. 나쁜 맛이 아니라면 무슨 맛이라도 좋으니 맛이 나는 글을 쓰도록 해야 합니다. 그리고 남의 글을 읽었을 때는 그 글을 잘 맛보아야 합니다. 글의 맛이 곧 글의 재미이고 감동입니다.

입으로 맛보는 음식의 맛은 분석할 수 없지만, 눈으로 읽어서 마음으로 맛보는 글의 맛은 두 가지로 나누어 볼 수 있습니다. 하나는 글의 내용, 곧 글 속에 담긴 글쓴이의 생각이나 살아가는 태도이고, 다른 하나는 문장 표현입니다. 글이 잘되었나 못 되었나를 살필 때는 이 두 가지 면에서 생각해 볼 수 있습니다.

여기 똑같은 제목으로 쓴 글 세 편이 있습니다. 같은 제목으로 쓴 글을 견주어 보면 글의 맛이고 값이고 더욱 잘 알게 되겠지요.

### 우산 김책 서울 숭신초 3학년

우리 아버지께서 나와 내 동생의 우산을 사 주셨다.
우리는 펄쩍펄쩍 뛰며 좋아했다.
그러나 오늘은 비가 온 다음의 날.
나와 내 동생은 '어서 비가 왔으면…….'
우리 둘이는 우산을 골라서 "내께 더 좋다" "아니야, 형. 내께 더 좋아" 하고 자기 것이 더 좋다고 야단이었다.
그러자 아버지께서는 "둘 다 좋다" 하고 말씀하셨다.

그러고 보니 둘 다 좋아 보였다.

많은 비가 쏟아지는 날, 나는 얼굴을 찡그리며 학교를 나서려고
하는데 아무리 내 우산을 찾아보아도 내 우산은 없었다.

"엄마, 내 우산 줘."

엄마는 차고에 들어가셔서 여러 개의 우산을 꺼내 오셨다.

"에이, 이 우산 말고 다른 우산."

"이것도 말고."

다 망그러지고 고장 난 우산뿐이었다. 학교는 빨리 가야겠고, 시
간은 점점 지나가고, 내 마음은 더 급해졌다.

할 수 없이 나는 헌 우산을 들고 문을 나섰다. 문을 나서면서 "큰
오빠만 좋아서 새 우산 사 주고 나는 뭐야" 하고 화를 내면서 학
교를 갔다.

어떤 아이들은 "내 우산이 제일 좋지" "내 우산이 제일 예뻐" 하고
자랑하고 있었다.

나는 우두커니 자리에 앉아 책만 들여다보고 있었다.

오후에는 비가 개고 맑은 해님이 방긋 웃고 있었다.

나는 책가방, 도시락, 그리고 헌 우산을 들고 땅을 쳐다보며 기운
없이 집으로 돌아가, 엄마가 미안하다고 해도, 먹을 것을 준다고

해도 아무 말도 안 하고 골을 내고 앉아 있었다.

엄마는 나가시더니, 뒤에 무엇을 감추시고 들어오셨다.

엄마는 내 곁에 오시더니 새 우산을 나에게 보여 주셨다.

분홍 색깔에 빨간색의 체크무늬, 어쩜 우산이 내 마음에 쏙 들었다.

그 우산을 보자, 나는 엄마 품에 안겨 뽀뽀를 쪽 하였다.

그리고는 "엄마, 아침에는 제가 잘못했어요. 아까 전에는 괜히 그랬던 거야" 하고 말하고는 우산에게는 '우산아, 기다려라. 비 오는 날에는 너를 데리고 학교에서 친구에게 너를 자랑하리라' 하고 생각하고 내일 비가 왔으면 좋겠다는 생각이 들었다.


우산 정은혜 경북 청송 월정초 6학년


11월 15일 목요일 비

아침에 눈을 부시시 뜨니 뚝뚝 빗방울 소리가 들렸다. 일기예보에도 없었던 뜻밖의 비였다.

학교에 갈 시간이었지만 비는 그칠 줄 몰랐다.

시간은 벌써 8시 15분. 난 엄마 아빠까지 동원해서 우산을 찾았다. 10분가량이 지나서야 우산을 발견할 수 있었다. 한쪽 구석에 틀어박혀 있는 찢어진 내 우산. 지난여름 쓰고 나서 필요 없다며 팽개친 우산을 다시 찾게 될 줄이야!

찢어진 구멍 위로 빗방울이 새어 나왔지만 나는 하나도 부끄럽지 않았다. 오히려 찢어진 우산보다, 물건을 쓰고 나서 그 물건을 잘 보관할 줄 모르고 필요할 때 얌체같이 찾으려는 내 행동이 더 부끄러웠다.

'선생님, 제가 쓴 일기랍니다. 틀린 데가 더 많을 거예요.' (1984.)


먼저 내용, 또는 살아가는 태도부터 생각해 봅니다. 첫 번째 보기글은 아버지가 우산을 사 주셨는데, 두 형제가 서로 제 것이 좋다고 하다가 아버지가 둘 다 좋다고 말해서 그렇게 보였다고 했습니다. 3학년이니까 이 정도의 태도는 어리다고 말할 수 없습니다. 오히려 순진한 마음이 나타나 있습니다. 두 번째 보기글은 헌 우산을 가지고 학교에 갔다 와서는 엄마가 미안하다고 해도 말을 안 하고 골만 내고 있다가, 엄마가 새 우산을 사 온 것을 보고야 뽀뽀를 하고 사과를 하고 합니다. 그러고는 새 우산을 자랑하고 싶어 내일 비가 왔으면, 하고 생각합니다. 이 글을 쓴 아이는 5학년입니다. 5학년으로서는 그 마음이 너무 어리다고 할밖에 없습니다. 세 번째 보기글은 어떤가요? 얘기의 시작은 두 번째 보기글과 비슷하여 여기서도 헌 우산을 찾아내어 학교에 갑니다. 그러나 헌 우산을 가지고 생각하는 태도는 아주 다릅니다. 정반대라고 할 수 있지요. 찢어진 우산을 부끄럽다고 생각하지 않고, 도리어 물건을 잘 보관해 두지 않은 자신을 부끄러워하고 있습니다. 이만하면 그 마음이 아주 높은 데 있다고 말할 수 있습니다.

다음에 문장 표현을 살피면 첫 번째 보기글은 너무 간단하게 썼습니다. 아무리 3학년이라도 새 우산을 사서 기뻐했다면, 그 우산의 모양이나 색깔 같은 것도 생각났을 터인데, 그런 것은 안 썼습니다. 두 번째 보기글은 세 편 가운데 가장 길게 썼습니다만, 글쓴이의 유치한 생각과 살아가는 태도 때문에 감동은커녕 도리어 싫은 감정을 주고 있습니다. 또 첫머리에 나오는 "학교를 나서려고"란 말은 '집을 나서려고'로 써야 할 것이고 "…… 헌 우산을 들고 땅을 쳐다보며 기운 없이……"에서 "땅을 쳐다보며"는 '땅을 내려다보며'로 고쳐야 합니다. 세 번째 보기글은 간결하게 썼습니다. 그런데 이 일기 끝에 "선생님, 제가 쓴 일기랍니다……"라고 써 놓았는데, 왜 하필 작년 가을에 쓴 일기를 보냈을까, 하는 생각이 듭니다. 그러고 보니 이 일기글에는 뭔가 착한 어린이로 보이려는 태도가 느껴지기도 해서 마음이 안 놓입니다.

"찢어진 구멍 위로 빗방울이 새어 나왔지만……" 했는데, 빗방울이 어떻게 "구멍 위로" 새어 나오는지, 이상한 말이 되기도 했습니다.

# 5

# 여러 가지

## 글을 써 봐요

# 본 대로, 들은 대로, 한 대로

### 겪은 일 쓰기(서사문)

어느 때 어느 곳에서 자기가 바로 겪은 일을 쓰는 글을 서사문이라고도 합니다. 그러나 여러분은 서사문이란 말을 쓸 필요가 없고, 그냥 '겪은 일 쓰기'라고 하면 좋겠지요. 여러분이 쓰는 글 가운데서 가장 많은 것이 겪은 일 쓰기이고, 이 책에서 지금까지 얘기한 대부분의 내용이 겪은 일을 쓰는 방법에 대한 것입니다. 여기서 또 한 번 거듭해서 말하지만, 글을 잘 쓰려면 자기가 한 일을 잘 되살려 내어서 그것을 지금 막 눈앞에서 또 한 번 겪는 것처럼 보여 주어야 합니다. 어디까지나 사실을 사실 그대로 또렷하게 그려 보여야 하고, 결코 근사한 얘기를 꾸며 만들어서는 안 됩니다. 그리고 지난 일을 되살려 내어 보일 때는 반드시 자기 입으로 말하는 입말로 써야 한다는 것을 잊지 말아야 합니다.

다음에 비슷한 글감으로 쓴 글 두 편을 들어 놓았습니다. 하나는 자기가 한 것을 그대로 보여 주지 못한 죽은 글이고, 다른 하나는 겪은 일을 생생하게 되살려 놓은 글입니다. 잘 견주어 보세요.

### 체육 시간 남학생 서울 초 3학년

'땡땡땡······.'

체육 시간이다.

"야호! 신난다."

"한 줄로 조용히 나가 서세요."

운동장으로 나왔다.

"차렷, 열중 쉬엇! 이제부터 도지보올을 하겠어요. 여자들은 남자들이 하는 것을 보고 해 보셔요."

청군 남자와 백군 남자들은 서로 인사를 하고 게임을 시작했다.

"아, 참 내가 어느 편이냐구요? 저는 백군이어요."

나는 공이 날아오는 걸 받아서 힘껏 던졌다.

"아웃!"

내가 던진 볼에 상대편이 맞았다. 이렇게 연속 두 번이나 계속 맞았다. 아깝게 우리 팀이 크게 패했지만 열심히 싸웠다.

점심시간이 되자 선생님께서 나를 보고 말씀하셨다.

"동연이 도지보올 참 잘하더라."

나는 부끄러우면서도 좋아서 멋쩍게 웃고 말았다. 정말 신나는 체육 시간이었다.

## 제기차기 박진영 경북 영천 영천초 4학년

동철이, 철우와 제기차기를 했다. 동철이는 북한 놈들이 행진할 때처럼 다리를 앞으로 뻗으며 제기를 찼다. 손은 모두 하늘로 향하였다. 철우는 보통 차는 것처럼 차기는 했지만 왼손은 하늘로 향하였고, 오른손은 땅으로 향하였다. 궁디는 여자들 걸음 걸어갈 때처럼 빼딱빼딱 움직이며 제기를 차는 것을 보니 우습기도 하고 바보 같기도 하여 내가 제기를 더 많이 찰 것 같았다. 나는 동철이와 철우에게 제기를 조금 못 차라고 속으로 '전마들, 제기 차는 게 아이고 빙시 같다' 하면서 박자를 맞추어 가면서 속으로 세었다. 동철이는 11번을 찼다. 그러나 나는 9번밖에 차지 못했다. 철우가 내보다 더 많이 차서, '임마, 죽어라! 임마, 어발아' 속으로 생각할 뿐 싸움은 지기 때문에 진짜는 말할 수가 없었다. 내가 대 줄 차례가 되자 '이만큼 잘하는 아하고 맥지로 하자 캐 가꼬' 이런 생각을 하면서 내 머리를 조금 때렸다. 대 먹을 때는 재미있어도 대 줄 때는 "니 인자 죽어라" "나는 끝까지 대 먹는다, 임마" 이칼 만큼 짜증이 나고, 재미가 없었다.

나는 누나가 부르기를 기다렸다. 누나는 안 오고 아이들은 "임마, 빨리 대도" 이카는 소리에 화가 나서, 오줌 누러 간다는 핑계로 방에 몰래 들어갔다.

- 궁디: 궁둥이. • 전마들: 저놈아들. • 빙시: 병신.
- 어발아: 어바리야. '어바리'는 어리석고 멍청한 사람을 말함.
- 아하고: 아이하고. • 맥지로: 괜히. • 캐 가꼬: 해 가지고.
- 이칼 만큼: 이렇게 할 만큼. 이럴 만큼.
- 이카는: 이렇게 하는. 이러는.


운동과 놀이를 글감으로 쓴 것인데, 앞의 글 '체육 시간'은 아무 맛이 없지만, 뒤의 글 '제기차기'는 재미가 있고 저절로 웃음이 납니다. 앞의 글은 체육 시간에 공놀이를 재미있게 하였지만 그 공놀이를 '지금 막 하고 있는 것처럼 눈앞에 되살려' 보여 주지 못했습니다.

나는 공이 날아오는 걸 받아서 힘껏 던졌다.
"아웃!"
내가 던진 볼에 상대편이 맞았다.

한창 놀고 있는 것을 쓴 것조차 기껏 이 정도로 쓰고 있습니다. 공이 어디서 어떻게 날아온 것을 어떻게 받았는지, 상대편이 어떻게 맞았는지 조금도 눈앞에 그 모습이 그려지지 않습니다. 놀이를 한 것을 그대로 그려 보이지 않고 대강 겉스쳐 가면서 설명만 해 버렸습니다. 그래서 읽어 보아도 영 재미가 없는데 글을 쓴 사람은 "정말 신나는 체육 시간이었다" 하고 끝에 가서 혼자 재미있어합니다.

그런데 뒤의 글은 제기차기를 하고 있는 아이들의 모습을 아주 생생하게 그려 놓았습니다.

동철이는 북한 놈들이 행진할 때처럼 다리를 앞으로 뻗으며 제기를 찼다. 손은 모두 하늘로 향하였다. 철우는 보통 차는 것처럼 차기는 했지만 왼손은 하늘로 향하였고, 오른손은 땅으로 향하였다. 궁디는 여자들 걸음 걸어갈 때처럼 빼딱빼딱 움직이며…….

여기서 두 아이가 제기를 차는 모습이 눈에 선합니다. 이렇게 자세하고 정확하게 그려 보이고 있을 뿐 아니라, 그때 그때의 느낌도 아주 자세하게 나타내었습니다.

제기를 차는 것을 보니 우습기도 하고 바보 같기도 하여 내가 제기를 더 많이 찰 것 같았다. 나는 동철이와 철우에게 제기를 조금 못차라고 속으로 '전마들, 제기 차는 게 아이고 빙시 같다' 하면서 박자를 맞추어 가면서 속으로 세었다. …… 철우가 내보다 더 많이 차서, '임마, 죽어라! 임마, 어발아' 속으로 생각할 뿐 싸움은 지기 때문에 진짜는 말할 수가 없었다.

이런 대문은 자기가 마음속으로 생각하고 말한 것을 잘 드러내어 보이고 있습니다.

그리고 자기가 대 줄 차례가 되자 "이만큼 잘하는 아하고 맥지로 하자 캐 가꼬" 하면서 제 머리를 조금 때렸다든지, "대 먹을 때는 재미있어도 대 줄 때는 '니 인자 죽어라' '나는 끝까지 대 먹는다, 임마' 이칼 만큼 짜증이 나고, 재미가 없었다"든지 한 것도 그때의 심정이나 주고받은 말을 잘 썼습니다.

마지막에 가서 누나가 부르기만을 기다렸지만 누나는 안 오고 "임마, 빨리 대도" 하는 소리에 화가 나서 오줌 누러 간다는 핑계로 달아나 버렸다고 끝맺은 대문도 그 행동이 눈앞에 선하게 나타나 웃음이 저절로 납니다.

약간의 장난기가 섞인 이 글은 읽는 이를 웃기지만 장난스럽게 쓴 글로 느껴지지는 않습니다. '참 그렇겠구나' 하는 감동이 오는 것은 눈으로 본 것, 마음으로 생각한 것, 행동한 것을 너무나 솔직하게, 사실 그대로 자세하게 잡아 보였기 때문입니다. 이 글을 쓴 어린이처럼, 자기는 더 못하면서

남이 하는 것을 볼 때는 서툴고 못나 보이는 것이 보통 사람
들의 태도가 아닐까, 하는 생각이 듭니다. 글쓴이의 성격까
지 잘 나타나 있는 좋은 글입니다.

## 배운 것을 정리해서
## 제 것으로

### 밝힘글 쓰기(설명문)

자기가 알고 있는 사실이나 새로 얻은 지식을 남들에게 알리는 글을 흔히 설명문이라고 합니다만, 이 말도 여러분은 '밝힘글'이라 하면 더 좋겠습니다.

이 밝힘글은 두 가지로 나눌 수 있는데, 그 하나는 오랫동안의 경험에서 얻은 것 또는 알고 있는 것을 밝히는 글이고, 다른 하나는 학교의 공부 시간이나 책에서 배운 지식을 정리해서 설명하는 글입니다. '내 책가방, 내 신, 우리 학교, 우리 학급, 우리 집 식구, 내 친구 ○○, 내 버릇' 같은 제목으로 글을 쓰면 삶 속에서 알고 있는 것을 쓰는 글이 되겠고, 외국의 지리나 역사, 고래나 코끼리의 얘기는 새로 배운 지식을 정리하는 글이 되지요. 소, 개, 고양이 같은 제목으로

쓰면 경험으로 알고 있는 것에다가 새로 얻은 지식을 더 보
탠 밝힘글이 될 수 있습니다.

그 어떤 밝힘글이든지 알고 있는 것을 또렷하게 붙잡아
잘 정리해서 알기 쉽게 써야 합니다.

그리고 자기를 소개하는 글을 쓸 때는 겸손한 태도로 자
기의 결점까지 말할 수 있어야 하지만, 친구를 얘기할 때는
될 수 있는 대로 좋은 점을 말하는 것이 바람직합니다. 너무
장난스런 말을 하는 것도 좋게 볼 수 없습니다.

'우리 학교'란 제목으로 공연히 자기 학교의 자랑만 늘어
놓는 글을 흔히 봅니다. 자랑보다 오히려 걱정되는 점을 얘
기하는 것이 좋습니다.

다음 글은 평소에 관찰해서 알고 있는 것에다 새로 얻은
지식을 정리해서 쓴 밝힘글입니다.


개미 유지훈 경기 안산 관산초 4학년


우리 주위에서 개미는 흔히 볼 수 있는 곤충이다.
예로부터 우리 나라에서는 개미를 부지런하며 많은 교훈을 주는
곤충으로 알고 왔고, 개미 이야기도 많다.
개미는 몸이 작고 힘이 세다.
우선 개미의 먹이를 살펴보면, 설탕 같은 단것을 좋아한다.

의사소통과 입의 구실에 대해 살펴보면 개미는 서로의 생각을 더듬이로 두드려 보아 같은 집의 냄새가 나면 형제라는 것을 알고 먹이가 있는 곳을 알려 준다.

또 개미의 입은 많은 구실을 하고 있다.

첫째, 적과 싸울 때 입을 사용한다.

둘째, 땅을 파거나 먹이를 나를 때도 입으로 한다.

개미의 습성은 비가 오면 집의 입구를 막고, 알이나 번데기를 안전한 곳으로 옮겨 놓는다.

또 집의 입구에는 힘센 파수병을 세워 다른 개미가 들어오지 못하게 한다.

이 밖에 개미는 진딧물과 서로 도와 가면서 살고 있다.

진딧물은 나무의 즙을 빨아 먹고 궁둥이에서 단물을 내놓는다.

개미는 이 물을 좋아하기 때문에 더듬이로 진딧물의 궁둥이를 두드려서 단물을 얻는다.

개미는 단물을 얻는 대신 진딧물을 잡아먹는 무당벌레를 쫓아 주고, 또 진딧물을 먹이가 많은 다른 나무에 옮겨다 주기도 한다. 보통 우리가 알기에는 개미가 힘이 약하게 보이지만 사실은 힘이 매우 세다.

이 밖에도 개미는 여러 가지 특성이 있다.

또 다른 것을 조사해 보면 더 새로운 사실을 알게 될 것이다.

밝힘글은 교과서나 학습 참고서에서 배운 것만을 늘어놓으면 아무 맛도 없는 글이 되기 쉽습니다. 될 수 있는 대로 여러 책을 읽어서 새로운 지식을 많이 얻어야 합니다. 어른들께 묻는다든지, 실제로 대상을 잘 살펴보는 것은 더욱 필요하지요.

이렇게 해서 쓸 때는, 책에서 얻은 지식과 누구한테서 들은 것, 텔레비전 같은 데서 본 것, 본디부터 알고 있는 것, 실제로 조사 관찰한 것 들을 모두 확실히 구분해서 써야 합니다. 곧 자기가 얻은 지식의 근원을 밝혀야 한다는 것입니다. 여기 들어 보인 글에는 이런 구별이 없고, 그 지식을 어디서 어떻게 얻은 것인지 알 수 없게 되어 있습니다.

이 글에서 쓴 "입구"라는 말은 일본말 따라서 쓰는 잘못된 말입니다. 우리 말로는 '들머리'입니다. "사용한다"란 말도 '쓴다'고 하는 것이 좋겠고, "의사소통"도 '생각 주고받기' 하면 되겠지요.

## 자기 생각을 담아서

### 느낌글 쓰기(감상문)

느낌글은 우리가 살아가면서(무엇을 보거나 듣거나 공부하거나 놀거나 일하면서) 마음에 떠오른 느낌이나 생각을 쓴 글입니다. 감상문이라고도 하지요. 이 느낌글은 바로 그 느낌이나 생각만을 따로 떼어서 쓰는 것이 아니고, 그런 느낌이나 생각이 우러나게 된 일(보거나 들은 일, 공부하거나 놀거나 일한 것)을 먼저 쓰고 난 다음에 쓰게 됩니다.

느낌글 쓰기에서 무엇보다도 중요한 것은 자기만이 가진 느낌이나 생각을 소중하게 여기어 그런 것을 찾아내고 드러내어야 한다는 것입니다. 흔히 남들이 생각하는 것, 부모님이나 선생님들의 가르침을 그대로 받아서 자기의 생각처럼 늘어놓는 일이 있는데, 그것은 좋지 못합니다.

224

다음 글을 읽어 봅시다.

현충일 남학생 대구 초 5학년

오늘은 겨레를 위해 싸우다가 다치신 분이나 돌아가신 분을 생각하고 감사드리는 날이다.
그분들이 없었다면 지금 우리 나라는 없었을 것이고, 나는 자유를 찾아 헤매고 있을 것이다.
그러고 보니 나는 그분들 때문에 자유와 행복을 누리고 있는 것 같다.
우리 나라와 겨레를 위해 목숨을 아끼지 않고 총부리를 겨누다 희생하신 분들의 목숨은 값진 것임에 틀림없다.
그분들을 1년 365일 매일 생각하며, 나도 나라를 위해 일을 하겠다.

이 글은 현충일에 썼습니다. 현충일에 이런 글을 쓴 것은 자연스럽습니다. 꼭 아침에 국기를 달았다든지, 텔레비전이나 라디오에서 현충일에 관한 것을 듣고 보았다든지 하는 얘기를 먼저 쓰지 않아도 감상만을 이렇게 쓸 수 있습니다.
그러나 이 글에서는 현충일에 관한 생각을 쓴 내용이, 누구나 알고 있고 누구나 생각할 것 같은 상식으로 되어 있는 말(교장 선생님들의 훈화와 같은 것)에 그치고 있습니다. 조금도 이 아이 자신이 가진 생각이 없습니다. 그래서 재미가 없는 글이 되었습니다. 더구나 마지막에 가서 "그분들을 1년 365일 매일 생각하며, 나도 나라를 위해 일을 하겠다"고 한 것은 빈말입니다. 어떻게 1년 365일을 그분들 생각으로 살아갈 수 있겠어요? 이것 또한 착한 어린이가 된 것처럼 보이려고 쓴 글입니다.

다음 글은 어떤 생각을 쓴 것일까요?

### 실천 여학생 서울 초 5학년

지난날의 일이었다.

내가 학교에서 돌아오자 엄마와 오빠가 다른 날과는 달리 빨리 손을 씻고 나오라고 재촉하였다.

손을 다 씻고 나오니 어머니가 말씀하신다.

"혜영아, 오빠가 반에서 일등 했단다."

난 깜짝 놀랐다. '그렇게도 일등 하기 위해 밤늦게까지 공부하더니 정말 소원이 이루어졌구나.'

평소 때는 매일 싸움만 했는데, 오늘은 우리 오빠가 자랑스럽고 대견스럽게 느껴진다.

나는 아직까지 반에서 1등 한 경험이 한 번도 없다.

내 꿈은 반에서 1등 해 보는 것.

공부 열심히 하겠다고 매일 입으로만 떠들 뿐, 실천에 옮긴 적은 없다.

'오빠는 1등 하겠다고 언제나 그 목표를 두고 실천했는데…….'

갑자기 엄마가 해 주신 말씀이 생각난다.

"실천을 해야 모든 소원이 이루어진단다. 입으로만 실천! 실천! 하면 무엇 하니? 행동으로 실천해야지."

어머니의 말씀을 마음에 간직하여 언제나 실천 잘하는 어린이가 될 것을 다짐한다.

이 글은 오빠가 1등 했다는 말에 자극을 받아 저도 1등을 하겠다는 목표를 말만 하지 말고 실천을 하겠다고 한 결심을 썼습니다. 그런데 실천을 하다니 무엇을 어떻게 실천한다는 것일까요? 1등을 하겠다는 것은 목표이지 실천할 일은 아닙니다. 물론 공부를 하는 것이겠지만, 공부도 1등이 목표라면 계획과 방법이 서 있어야 실천이란 말이 실속 있게 들립니다.

또 공부의 목표가 문제입니다. 아무리 부모님들이 1등을 하라고 하더라도 공부를 하는 목표가 시험 성적에 1등 하는 것이 되어서야 어찌 참된 공부라 하겠습니까? 이 글이 남에게 감동을 주지 못하는 까닭이 이러합니다. 느낌글은 자기만이 가지고 있는 남다른 생각이나 깊이가 있는 생각, 남의 마음을 기쁘게 해 주거나 넉넉하게 해 주는 생각이 담겨 있어야 좋은 글이 됩니다.

다시 한 편을 들어 봅니다.

### 어느 도서실에서 여학생 대구 초 6학년

오늘 아침의 내 마음은 유달리 부산했다. 어젯밤 언니를 졸라 함께 도서실에 가기로 했기 때문이다.

나는 도서실이 어떤 곳인지 매우 궁금했다. 중·고등학생 칸으로 들어가야만 한다고 언니가 말했다.

새벽에 떠났지만 줄은 도로 끝까지 이을 듯 많았다.

언니와 나는 되도록이면 빨리 줄을 서려고 뛰어갔다. 그러나 아무리 빨리 가 봤자 늦게 온 언니들이 새치기를 했기 때문에 언제 봐도 내가 자꾸 뒤로 밀렸다.

어떤 언니는 버스에서 내리자마자 당연한 듯이 앞으로 달려갔다. 중3쯤 되어 보이는 언니가 "여기가 전부 자기들 세상인가" 하고 화를 내었다. 나보다 교육을 더 받은 언니들이 나보다 그런 점에서는 더 어린 것 같았다.

아무리 기다려도 앞으로만 꾸역꾸역 밀리자 나도 슬그머니 새치기를 하고 싶었다.

그러나 꾹 참았다.

보통 고3 언니들 같았다.

대학 입시가 있으니까…….

그러나 열심히 공부하여 좋은 대학에 들어가는 것도 좋겠지만, 대학 들어가서도 계속 이런 생활이 계속되면 우리 나라는 언제 선진 조국이 될지…….

먼저 훌륭한 사람이 되어야 하지 않을까?

이 글에는 자기의 생각이 있습니다. 이 생각은 선생님이나 그 밖의 어른들이 반가워할 것 같아서 쓴 것이 아니고, 어른들이 반가워하든지 싫어하든지 자기 자신의 절실한 마음을 덮어 둘 수가 없어서 쓴 것입니다. 글이란 이렇게 써야 합니다.

다만 이 글에는 말이 좀 맞지 않게 쓴 것이 더러 보입니다. 그리고 "선진 조국"이란 말은 어른들이 흔히 쓰는 말입니다. 이런 느낌글에 어른들이 쓰는 말을 따라 쓰면 그만큼 글이 죽어 버린다는 것을 알아 두어야 합니다.

다음은 텔레비전에서 '미스코리아 선발 대회'란 것을 보고 쓴 5학년 어린이의 글입니다.

미스코리아 선발 대회에서 여자들이 수영복 차림으로 나온다.

내가 볼 때는 미친 사람같이 보인다. 만일에 시내에서 그렇게 다니면 사람들이 어떻게 보겠나? 아마 모두들 '미친년'이라 할 것이다. 돈 들여서 그런 거 하는 사람들이 한심하다.

미스코리아를 선발하는 게 아니라 미친 사람 선발 대회라 할 것이다.


어린이 여러분은 아마도 이 글을 읽고 나서 '참 그렇지' '나도 그렇게 속으로는 느꼈는데' 하고 생각했을 것입니다. 속으로는 대개 그렇게 생각하면서도 아무도 입으로는 하지 않는 말, 글로는 쓰지 않았던 것을 써야 좋은 글이 됩니다.

# 책 읽기가 즐거워지도록

### 책 읽고 느낌글 쓰기(독서감상문)

책을 읽고 난 다음 느낀 것 생각한 것을 쓰는 글이 있습니다. 선생님이 내어 주시는 숙제로 책을 읽고 느낌을 쓰는 일도 있겠지만, 그보다도 스스로 읽고 싶은 책을 찾아 읽은 다음 마음에 떠오르는 느낌이나 생각을 짧게 일기장이나 그밖의 공책에 적어 두는 것이 바람직합니다. 책을 읽은 다음에 느낌이나 생각을 정리해서 쓰게 되면 그 느낌이나 생각이 더욱 분명해지고, 자기의 것이 될 수 있습니다.

그러나 마지못해 쓰는 느낌글, 책을 읽었다는 표시로 쓰는 느낌글은 차라리 안 쓰는 것이 좋습니다. 그 까닭은, 느낌글을 쓰는 일이 짐으로 느껴져서 책을 읽는 즐거움이 줄어들거나 책 읽기가 싫어지기 때문입니다. 또 무슨 책을 읽고 몇 장 이상 쓰라고 하여 독서감상문을 상을 걸어 모집하는 일도 흔히 있는데, 이런 행사에 상을 타기 위해 억지로 늘여서 길게 쓰려고 하고, 별난 생각을 한 것같이 꾸며 쓰는 것도 아주 좋지 않은 짓입니다. 독서감상문을 쓰는 것이 중요하지 않고, 책을 읽는 일이 중요합니다. 느낌글은 쓰고 싶어서 써야 하는데, 어쩔 수 없이 쓰거나 거짓을 써서 도리어 책 읽기가 싫어지게 되니 안 쓰는 것이 훨씬 낫지요.

어떻게 하면 책이 읽고 싶어지는 느낌글, 즐겨 쓰는 느낌글이 될까요? 다음에 쓰는 요령을 몇 가지 적어 봅니다.

첫째, 진정에서 우러난 느낌이나 생각을 써야 합니다. 자세히 쓰는 것은 좋지만 억지로 길게 쓰려고 하지 마세요. 원고지 한 장이라도 좋고 두 장이라도 좋습니다. 쓰고 싶은 것이 많으면 다섯 장도 열 장도 쓸 수는 있습니다. 그러나 단 한 줄만 쓴 것이 열 장 쓴 것보다 더 나을 수가 있습니다.

둘째, 책에서 얻은 지식을 정리해 본다든지, 긴 얘기의 줄거리를 요약해 보는 공부도 때로는 할 수 있겠지만, 책을 읽었을 때마다 그렇게 해야 한다고 생각하지 마세요. 다만 꼭 써야 할 것은 자기의 느낌이요, 생각입니다.

셋째, 순수한 감상을 쓸 때, 그 책을 읽었더니 얼마나 재미있었다든지, 즐거웠다든지, 슬펐다든지, 억울한 생각이 들었다든지, 나도 그 책에 나오는 아이같이 살고 싶다든지 하여 간단하게 쓸 수 있지만, 자기의 느낌과 생각을 좀 더 자세히 쓸 수도 있습니다. 가령 이야기 속에 나오는 아이의 생각이나 행동이 자기와 어떻게 다르고 또 어떤 점이 같은가? 자기 같으면 그런 경우 어떻게 하겠는가? 그런 것을 생각하면 자기의 의견을 좀 더 분명하고 자세하게 쓸 수 있을 것입니다.

여기 책을 읽고 쓴 느낌글을 몇 편 듭니다.

### 《쿠오레》를 읽고 여상인 경북 성주 대서초 4학년

나는 가정실습을 맞이하여 《쿠오레》를 읽었습니다. 이만큼 나의 가슴을 감동시킨 이야기는 여태까지 없었습니다. 《쿠오레》에 나오는 교실은 마치 우리 교실 같은 기분이 들었습니다. 또 프란디처럼 말썽만 일으키고 선생님 말씀을 잘 안 듣는 개구쟁이도 있습니다. 이름조차 밝히고 싶지 않습니다. 힘센 갈로네에게는 꼼짝 못하면서 힘 약하고 가엾은 곱추 소년 넬리를 못살게 구는 프란디와 같은 학생은 없었으면 좋겠습니다.

나는 갈로네에게 약한 사람을 돕는 아름다운 마음씨를 배웠습니다. 또 선생님들이 매달 들려주는 이야기를 읽고는 저절로 나라를 사랑하는 마음이 용솟았습니다. 우리 선생님도 이런 이야기를 우리에게 많이 들려주셨으면 좋겠습니다. 또 언제까지나 《쿠오레》에 나오는 것과 같은 사랑이 넘치는 교실에서 공부하고 싶은 마음입니다.

이 글은 《쿠오레》에 나오는 교실과 자기가 공부하는 교실을 견주어서 느낌을 썼습니다. 아주 절실한 생각을 쓴 좋은 느낌글입니다.

"매달"이란 말이 나오는데, '달마다'라고 해야 바른 우리말이 됩니다. 그러고 보니 이 어린이가 읽은 그 책에 이렇게 잘못된 말이 쓰여 있을 것 같군요. 책에 잘못 쓴 말이 많으니 따라서 쓰지 않도록 해야 합니다.

《홍당무》를 읽고 이주섭 경남 거창 샛별초 5학년

이 책은 《신데렐라》나 《콩쥐 팥쥐》처럼 홍당무가 구박을 받으면서 살아가지만 끝까지 참아 내고, 아버지와 함께 산보를 하면서 의논을 하는 내용으로 되어 있다.

나는 이 책을 읽으면서 몹시 안타까운 마음이 들었고, 또 나도 이 홍당무처럼 아픈 것도 잘 참아 내야지 하는 생각을 하였다.

이 책 내용 가운데 한 곳만 소개하면 이렇다. 제목은 '닭장 문'이다. 밤에 엄마가 닭장 문을 좀 닫아 달라고 형과 누나에게 시키니까, 닭장 문이나 닫는 시중을 들을려고 여기 온 것은 아니라면서 하지 않겠다고 하였다. 그런데 홍당무가 자기도 안 가려고 했으나 엄마가 때리려고 했기 때문에 억지로 갔다 왔다. 이처럼 엄마는 형과 누나는 잘 대해 주면서 홍당무는 구박을 한다.

내가 만일 홍당무라고 하면 도망치겠다.


이 글의 맨 처음에는 책에서 읽은 전체 이야기를 요약하였고, 다음에는 그 전체에 대한 생각을 썼으며, 세 번째는 책의 내용 한 가지를 소개하면서 느낌을 적었습니다. 느낌 글의 한 형태라고 말할 수 있습니다.

여기도 "산보"라는 일본식 말이 들어 있군요. 이것 또한 이 어린이가 읽은 책을 따라 쓰게 되었다고 봅니다. 우리 말로는 '산책'이라 하든지, 그보다도 "산보를 하면서" 했으니 '거닐면서'라 쓰면 되겠습니다.


《잔디 숲속의 이쁜이》를 읽고 염신규 대구 효명초 4학년


이 책은 개미의 이야기를 사람들의 이야기처럼 쓴 동화다. 주인공인 이쁜이와 똘똘이는 개미로서 한 나라에 살며, 아주 친한 사이다. 그런데 그 개미 나라는 법이 무섭고 자유가 없다. 그래서 이쁜이는 자유를 찾아 도망간다. 그는 오랜 고난 끝에 똘똘이를 만나 같이 살자고 한다. 그러나 똘똘이는 이에 반대를 하고 다시 집으

로 돌아간다. 이때 전쟁이 터졌다. 이웃 개미 나라에서 똘똘이네 나라에 쳐들어와 새끼들을 훔쳐 간다. 이쁜이는 전쟁의 부상자를 치료해 준다. 그 후 이쁜이는 학자 할아버지란 개미를 만난다. 그분은 매우 유식하고 똑똑한 개미로서 이쁜이가 식객이나 아편쟁이에게 괴롭힘을 당할 때 도와준다. 그러던 중 똘똘이가 찾아와서 같이 살게 된다. 사실 이쁜이나 똘똘이 모두 여자도 남자도 아닌 일개미였으나, 노력을 하여 똘똘이는 남자, 이쁜이는 여자가 되어 간다. 그러던 중 미니라는 개미가 나타나는데 그는 남자이다. 미니는 자기가 똘똘이보다 날개가 먼저 난 것을 이용하여 이쁜이와 결혼하려 하지만 결국 이쁜이는 똘똘이와 공중 결혼식을 올린다. 그런데 미니는 이쁜이를 아내로 삼기 위해 또 다른 나쁜 꾀를 쓴다. 그것은 이쁜이가 아기를 낳은 틈에 똘똘이를 죽이고 아기들을 꾀어 아내로 삼으려는 것이다. 그러나 그 꾀도 이루지 못한다. 오히려 미니가 잡혀 죽게 된다. 꾀 많은 미니는 도망쳐 깡패를 불러온다. 하지만 아이들이 힘을 모아 깡패들을 쳐부순다. 이제 미니에 대한 재판을 하는데, 이쁜이는 죽여야 한다고 했으나 인정 많은 똘똘이 덕분에 산다. 이리하여 그들은 새로운 나라를 세운다.

나는 이 이야기를 읽고 다음과 같은 생각을 해 보았다.

첫째, 자유에 대한 것이다. 이쁜이가 집을 나온 것은 자유를 찾기 위한 것이었다. 이쁜이는 남에게 명령하는 것도 싫어했지만 남에게 명령받는 것도 싫어했다. 그래서 춥고 배고픈 것을 견디면서 자유를 원했던 것이다.

둘째, 생명에 관한 것이다. 똘똘이가 미니를 죽이지 않고 살려 보
내는 것은 나의 생명뿐만 아니라 남의 생명도 중요하다는 것을 표
현한 것이다.

마지막으로 나는 이 동화를 읽으면서 학자 할아버지의 유언에서
큰 가르침을 받았다. 세상을 살아가는 데는 두 가지 중요한 것이
있는데, 한 가지는 재주이고, 한 가지는 옳은 마음이라고 학자 할
아버지는 말했다. 재주란 지혜나 지식 또는 힘이고, 옳은 마음이란
사랑이다. 미니는 힘도 세고 꾀도 많았지만 옳은 마음이 없었기 때
문에 끝내 실패하고 만 것이다. 지은이는 개미들의 이야기를 빌어
우리에게 깊은 교훈을 주었다.


장편 동화를 읽은 느낌글입니다. 맨 처음에는 전체 이야
기의 줄거리를 정리해서 썼는데, 긴 이야기를 읽었으니 이
렇게 한번 요약해서 쓰는 공부를 한 것이지요. 그다음에는
자기의 생각을 세 가지 들어 놓았습니다. 전체 이야기의 줄
거리를 정리해서 쓴 것도 대단히 요령이 있고 알기 쉽게 썼
으며, 세 가지 감상을 말한 것도 아주 적절한 느낌을 적었다
는 생각이 듭니다. 4학년으로서는 보기 드물 만큼 글이 정
확합니다. 이 글은 책을 읽고 쓰는 느낌글에서 가장 많이 쓰
는 형식이라 하겠습니다.

# 삶 속의 절실한 의견을

## 주장하는 글 쓰기(논설문) 1

어떤 일이나 문제를 두고 자기의 생각을 말하고 의견을 내세우는 글(논문, 논설문)이 있습니다. 이런 글은 아무래도 초등학교 5, 6학년쯤 되어야 어느 정도 쓸 수 있습니다. 저학년 어린이들은 자기의 생각이나 의견이 있더라도 그것을 이치로 따져서 주장하지 않고 다른 글의 모양으로 씁니다. 가령 자기가 겪은 얘기를 하면서 생각을 보태어 쓴다든지, '내 걱정' '내가 바라는 것'과 같은 제목으로 글을 쓴다든지, 부모님께 편지글로 어떤 부탁을 한다든지 하는 것이지요. 곧 저학년 어린이들이 쓰는 생활글이나 편지글, 일기글 속에는 그 어린이의 의견과 주장이 조금씩 들어 있다고 보는 것이 옳겠습니다. 물론 상급생의 글도 그러하지요.

그런데 5, 6학년이 되면 문제를 분석하기도 하고 이치를 따져 생각을 주장하기도 합니다. 느낌이나 생각을 쓴 글은 다만 그 느낌과 생각을 나타내는 데 그치지만, 주장을 하는 글은 자기의 생각을 강하게 내세우고, 또는 남들이 어떤 태도를 가지거나 행동을 해 주기를 권하고 바랍니다. 그러니 느낌을 쓴 글은 소극이지만 주장을 하는 글은 적극이라 할 수 있지요. 앞의 글은 흔히 겪은 일을 얘기한 다음에 느낌을 붙이거나 겪은 일과 함께 느낌을 쓰지만, 뒤의 것은 아주 이론만으로도 쓸 수가 있습니다.

그러나 어린이 여러분들이 쓰는 '주장하는 글'은 현실을 떠난 순전한 이론이 되어서는 안 됩니다. 어디까지나 나날의 삶에서 부딪힌 문제나 일어난 일들을 두고 의견을 말하고 생각을 주장해야 합니다.

먼저 자기 자신이나 자기를 둘러싼 사회에서 어떤 불만이나 불편함, 괴로움이나 잘못됨이 있어서, 그것을 바로잡거나 없애야겠다는 생각이 절실하게 들었을 때 비로소 이 '주장하는 글'은 쓸거리를 준비할 수 있습니다.

더구나 이 글은 쓰기 전에 얼거리를 충분히 짜야 합니다. 얼거리 잡기는 생각만으로 그치지 말고 하나하나 요점을 적어 두어야 합니다. 적어도 다음 세 가지는 분명하게 잡아 놓고 쓰기 시작해야 되겠지요.

- 무엇이 문제인가?
- 문제의 원인은 어디에 있는가?
- 어떻게 해결할 수 있는가?

　이렇게 미리 얼거리를 잡는 가운데 생각이 확실하지 않은 점이 있으면 다시 정리해서 뚜렷하게 해 두어야 하겠고, 때로는 실제로 조사를 한다든지 해서, 자기의 주장이 모두가 옳다고 찬성할 수 있도록 필요한 자료도 충분히 갖추어야 합니다.

　또 한 가지 알아 둘 것은, 문제를 너무 크게 잡지 말고, 자기가 겪은 테두리 안에서 확실하게 믿고 있는 것부터 주장해야 합니다. 자기 자신을 중심으로 일어난 문제부터 시작하여 집안의 문제, 학급의 문제, 학교의 문제, 마을의 문제로 넓혀 가서 나중에는 나라의 문제, 세계의 문제까지도 걱정하고 주장할 수 있습니다. 다만 그것이 절실한 체험에서 우러났다면, 어린이다운 순진한 생각과 주장이 도리어 어른들의 어려운 말과 이론보다 더 훌륭할 수 있다는 것을 믿어 주세요.

　이 '주장하는 글'은 그 보기를 찾기 힘들 만큼 어린이들이 잘 쓰지 않고 있는데, 먼저 여기 '논설문'이라 해서 쓴 글 한 편을 들어 봅니다.

## 나무 사랑 여학생 경기 초 5학년

우리는 자연 속에서 살고 있다. 그런데, 우리는 자연을 더럽히는 경우가 많다. 그렇기 때문에 우리들이 자연에 많은 피해를 주는 것이다.

더럽히는 일은 소개할 수 없을 정도이다. 공장에서 흘러나오는 폐수, 공장에서 나오는 연기, 공장에서 날려 오는 먼지 등이 있어 많은 나무들이 고통을 받으며 죽어 가고 있다. 이렇게 오염된 것이 많기 때문에 나무들이나 모든 것이 피해가 많다. 그렇기 때문에 우리는 자연을 사랑해야 한다. 나무를 심기만 하면 안 된다. 잘 가꾸는 마음이 필요하다.

또 우리 경기도에는 천마산이 있다. 천마산에는 관광객들이 많이 온다. 관광객들이 많이 오는 것도 좋지만, 불을 많이 피운다. 그래서 특히 겨울에는 불이 많이 난다. 그렇기 때문에 나무를 가꾸어야 한다. 산에다 휴지, 병, 담배 등을 버리면 불이 나기 쉽고, 더욱 공해가 나기 쉽다.

어떤 아저씨들은 나무를 판다고 하시며 나무를 베어 가신다. 그래서 벌거벗은 산이 많다. 벌거벗은 산이 많으면 눈사태, 산사태들이 많이 나서 우리 나라 산들이 무너질 것이다. 특히 우리 나라는 산으로 둘러싸여 있기 때문에 우리 모두가 죽을 것이다.

우리는 이렇게 되기를 막기 위하여 우리 강산 우리 국토에 나무를 심고 잘 가꾸어서 우리 나라를 아주 푸르게 만들어야 하겠다. 소나무나 잣나무 같은 나무를 많이 심어서 아름다운 국토를 만들어 우리 국민들이 잘 살 수 있도록 해야지 되겠다.

이 글은 주장하는 것이 뚜렷하기는 하나 누구나 알고 있는 말이 되어 버렸습니다. 그 까닭은, 나무를 사랑하고 나무를 심자는 주장을 하게 된 것이, 절실한 삶에서 온 것이 아니고 학교에서 듣고 읽어서 배운 지식이 위주로 되어서 나온 의견이기 때문입니다.

또 글이 어설프기도 합니다. 글이 이렇게 된 것도 자기 자신의 삶에서 나온 말이 아니기 때문입니다. "특히" "등"과 같은 말도 어린이들이 쓸 말이 아니지요. 어른들도 '더구나' '들'(따위)로 써야 합니다.

다음 글은 시골 학교의 변소 청소 문제를 쓴 글입니다. 이 글은 생활보고문이지 어떤 주장을 담은 글이라고 할 수는 없습니다. 그러나 이 글 속에는 변소 청소의 문제점이 잘 드러나 있고, 주장도 약간은 들어 있습니다. 좀 더 뚜렷하게 주장을 내세우는 말을 썼더라면 논문이 될 수 있겠지요. 여러분이 쓰는 '주장하는 글'은 이와 같이 삶의 체험과 조사 관찰을 밑바탕으로 해서 써야 하는 글입니다.

## 변소 청소 손광식 경북 성주 대서초 6학년

나는 변소 청소이다. 그래서 날마다 변소 안을 쓸어 내고 또 오줌을 퍼내야 한다.

그런데 한 날은 한 아이가 소변을 보는 데에 대변을 보아 놓았다. 그리고 또 대변을 넣어 오라는 봉투가 변소 안에 있었다. 우리는 그것을 모르고 그냥 문을 열어 놓았다. 그래서 변소 안을 쓸려고 하니까 바람이 불어서 그만 봉투가 안에 빠졌던 일도 있었다.

그러므로 변소의 문제점은, 대변을 변소 밖에 누는 것, 소변보는 데에 대변을 보는 것, 그리고 오줌이 잘 내려가지 않는 것이다. 오줌이 잘 내려가지 않는 것은 비닐봉지라든지 휴지를 빠자 놓아서 그것이 막혀 가지고 잘 내려가지 않는다. 또 그것을 안으로 들어가지 못하게 하는 철사로 된 망이 오래되어 떨어져 나가고 없기 때문이다. 그래서 그것을 좀 고쳐 주면 좋겠다. 그리고 또 청소 도구가 부족해서 청소하기가 불편하다.

그래서 한 가지 예를 들면 빗자루를 만들어 오는데, 경로잔치를 하면서 빗자루를 조금 태워 놓았다. 그리고 오줌을 푸는 것도 만들어 왔는데 누가 부수어 놓고 못을 빼 가고 하였다. 그리고 바람이 불면 쓰레기가 변소로 다 몰려오기 때문에 청소하기가 불편하다. 그리고 또 비가 오면 아이들이 신발에 흙을 묻혀 가지고 소변을 보기 때문에 집에 갈 때 청소하기가 참 불편하다. 그래서 다음부터는

여러 가지 글을 써 봐요  243

신발에 묻힌 흙을 털고 소변을 보면 좋겠다.

 • 빠자 놓아서: 빠뜨려 놓아서.


　주장하는 글이나 논문이라면 웅변대회에 나가 고함치고 떠드는 내용과 같은 것을 담아야 한다고 생각하기 쉬운데, 그것은 아주 잘못입니다. 그런 속이 빈 말보다 이런 글에 나타난 말이 백배 천배로 필요한 말이고, 참되고 옳은 말입니다. 여러분이 쓰는 논문은 여러분이 날마다 겪고 있는 삶의 크고 작은 일들에서 문제점이 나오고, 그것을 해결하는 방법과 주장이 생겨나야 된다는 것을 다시 한번 말해 둡니다.

# 웅변과 자기 생각 주장

## 주장하는 글 쓰기(논설문) 2

글은 말을 글자로 옮겨 쓴 것입니다. 따라서 자기의 의견을 주장하는 글(논설문)은 자기의 생각을 여러 사람 앞에서 내세우는 말이 되겠습니다.

여러 사람 앞에서 의견을 말한다고 하면 곧 '웅변'이란 것이 생각납니다. 여러분은 웅변대회에서 떠들어 대는 연사의 말(웅변)을 들어 보았지요? 학생들이 연사로 나오는 웅변대회의 웅변은 거의 모두 말하는 사람 자신의 말이 아닙니다. 어린 학생들이 어른들이 적어 준 원고를 외워서 어울리지도 않는 손짓 몸짓으로 고래고래 고함을 지르는 것을 보면 참 가엾다는 생각이 듭니다. 그것이 연극이지 어디 사람의 말입니까? 말이란 그 사람의 마음에서 진정으로 우러나야 하는 것인데, 남의 말, 어른의 말을 꼭두각시처럼 외워서 외치고 있으니까요.

그런데 이런 거짓스런 웅변대회를 하지 말고 어린이들의 마음에서 진정으로 우러나온 말을 조리 있게 차근차근 여러 사람들에게 들려주도록 해야 한다고 해서 '내 생각 발표회'를 하는 학교가 있습니다. 이런 말하기 발표회에 나가서 하게 되는 말은 자기의 생각과 주장을 알려서, 남들도 자기와 같은 생각을 하고 같은 태도를 가지도록 하려는 데 목적이 있습니다. 그러니 알기 쉬운 말로 똑똑하게, 그리고 누구나 '그것 참 옳다' '정말 그래야지' 하고 고개를 끄덕거릴 수 있게 말해야 합니다. 물론 핏대를 올리면서 헛된 고함을 쳐야 할 것 같은 말은 없어야지요.

다음은 이런 발표회에서 나온 글입니다.

고무신 신는 바람 주하아린 경남 거창 샛별초 5학년

저는 검은 고무신을 신기 시작했습니다. 고무신은 씻기도 편하고 말리기도 편합니다. 그리고 잘 떨어지지도 않습니다. 더구나 검은 고무신은 흰 고무신보다 값도 싸고 더 질깁니다. 그리고 신고 벗기기도 편하고 무겁지도 않습니다.

처음에 제가 고무신을 샀을 때는 우리 학교 아이들이 "헤이, 조선

나이키!" 하고 놀리곤 했습니다. 그러나 지금은 다른 학교 아이들 말고는 놀리는 아이들은 없습니다. 도리어 제가 신 자랑을 합니다.

그리고 전에는 서울이나 부산에는 운동화를 신고 갔습니다. 그러나 지난 토요일 부산에 갈 때는 검은 고무신을 신고 갔습니다. 내 발을 보는 사람도 있었으나 부끄럽지 않았습니다. 이번 여름방학 때는 어디든지 이 고무신을 신고 다닐 것입니다.

그런데 아직 우리 학교에도 외국 상표의 신을 신은 아이들이 자랑을 하는 것 같습니다. 지금 우리 나라는 이런 것이 반대로 되어야 합니다.

우리는 지금 외국의 빚 속에서 살아가고 있습니다. 그것도 세계에서 4위라니 놀라지 않을 수 없고, 우리는 한 명에 100만 원이라는 무거운 짐을 지고 있습니다. 그렇기 때문에 우리는 절약하는 생활을 해야 합니다.

신도 그렇습니다. 한국의 회사 이름 그대로 하면 될 텐데, 괜히 외국의 신발 회사 이름을 많은 돈을 주고 빌린다고 합니다. 예를 들어 한 켤레에 4,000원짜리 신이 있다면, 신값은 2,000원쯤 되고 상표값이 2,000원쯤이라고 합니다. 이러니 상표를 새긴 비닐 조각 하나가 보통 운동화 한 켤레 값입니다. 이럴 바에야 한국 상표의 운동화 두 켤레를 사거나 고무신 네 켤레를 사는 것이 훨씬 좋습니다.

그러나, 우리 학교는 우리 반부터 시작하여 점점 고무신 신는 바람이 불고 있습니다. 지금 외국 상표의 운동화를 신은 아이들도 "에이, 나도 고무신 사 달라고 해야지" 하는 아이들이 늘고 있습니다. 이런 고무신 신는 바람이 전국적으로 퍼져야 우리 나라는 발전하게 될 것입니다.

샛별 어린이 여러분, 우리 모두 고무신을 즐겨 신읍시다.


참으로 훌륭한 생각입니다. 생각뿐 아니라 그 생각을 이렇게 용감하게 실천하고 있는 이 어린이 앞에서, 우리 모두 부끄러워하고, 아이고 어른이고 할 것 없이 이 어린이에게 배워야 하겠습니다.

의견을 세우는 글은 그 의견이 올바름을 뒷받침해 주는 증거를 뚜렷하게 보여 주어야만 모두가 '그렇겠구나' 하고 그 의견을 따르게 됩니다. 더구나 어떤 실천해야 할 일을 주장하는 경우에는 말하는 사람 스스로 실천해 보여야 모두가 따릅니다. 이 글은 이렇게 스스로 실천한 사실을 얘기하는 데서부터 시작했습니다. 정말 머리가 숙여지는 삶의 태도요, 훌륭한 글입니다.

그러면 이 글이 어떤 차례로 씌어 있는가를 살펴보겠습니다. 글줄을 끊어서 새로 시작한 곳마다 한 문단으로 보고 그 각 문단에 쓴 내용을 요약해서 적으면 다음과 같습니다.

① 고무신을 신게 된 까닭—씻기 편하고 말리기 편하고 질기다. 더구나 검은 고무신은 값도 더 싸고, 신고 벗기가 편하고 가볍다.

② 처음 신었을 때 아이들이 놀렸지만 지금은 안 놀린다. 도리어 내가 신 자랑을 한다.

③ 부산에 고무신을 신고 갔지만 부끄럽지 않았다.

④ 외국 상표의 신 자랑을 하는 아이들이 있다.

⑤ 외국의 빚 속에서 우리는 산다.

⑥ 외국 신발 회사 이름값이 신발값의 반이다. 운동화 한 켤레 값으로 고무신 네 켤레를 살 수 있다.

⑦ 우리 학교에는 고무신 신는 바람이 일어나고 있다. 고무신을 신자.

이와 같이 일곱 문단으로 나누면, ①에서 ③까지는 자기가 실천한 사실을 쓴 글이고, ④에서 ⑦까지는 그 실천을 바탕으로 주장과 호소를 한 글로 되어 있습니다.

여러분도 이와 같이 자기가 옳다고 믿고 있는 생각, 그 생각을 실행하고 있는 사실을 들어서 주장하고 호소하는 글을 써 보세요. 삶 속의 주장을 쓰는 글감으로는 '공책' '연필' '책가방'(그 밖의 학용품) '옷' '양말' '텔레비전' '과자와 빵' '책 읽기' '놀이'를 포함해 얼마든지 있을 것입니다.

# 분명하고 조리 있게 말하는 공부부터

## 주장하는 글 쓰기(논설문) 3

자기의 의견을 주장하는 글쓰기는 자기의 의견을 주장하는 말하기 공부에서 시작합니다. 여러분들이 자기의 의견을 주장하는 기회는 참으로 많습니다. 주마다 열리는 학급어린이회나, 달마다 열리는 전교어린이회 때면 학급이나 학교의 여러 가지 문제를 해결하기 위해 의논을 하지요. 이때 여러 어린이들이 자기 의견을 말하게 되고, 서로 다른 의견을 가진 어린이들이 맞서서 토론을 하게도 됩니다.

이런 자리에서 자기 생각을 똑똑하고 자세하게, 그리고 조리 있게 말해서 듣는 사람들이 모두 옳은 말이라고 고개를 끄덕거릴 수 있도록 노력해야 합니다. 그러기 위해서 말하기 전에 미리 말할 내용을 잘 생각하고 차례를 정해서 요

250

령 있게 발표할 준비를 해야 하겠습니다. 만약 그렇게 할 여유가 있으면 미리 말할 것을 한번 글로 써 보면 더욱 좋겠습니다.

그런데, 여러분은 왜 그렇게 토론을 할 줄 모르는가요? 대체로 자기의 생각이란 것이 없거나 빈약합니다. 그래서 남의 생각, 선생님들의 생각만을 따르는 것 같습니다. 그러니 토론이란 것이 잘 안되지요. 말하는 내용은 물론이고 말씨조차 선생님들의 흉내를 내어 어른스럽게 말하는 것이 거의 모든 학교의 실정이 아닌가 합니다.

무엇보다도 자기 자신의 생각을 가져야 하겠어요. 자신의 생각을 가지려면 학급이나 학교생활에서 어떻게 하면 모든 어린이들이 즐겁게 공부하게 될까, 괴로워하는 어린이, 따돌림받는 어린이가 없이 모두 웃으며 살아갈 수 있을까, 하는 문제를 평소에 늘 생각해 두어야 합니다. 다시 말하면 자기 혼자만 편하게 지내고 기분대로 살면 그만이란 태도로 살아가는 사람은 남들이 고개를 끄덕이면서 들을 수 있는 좋은 생각이나 의견을 결코 가질 수 없습니다.


군것질 안 하는 방법 남학생 경북 초 6학년


아침에 학교에 올 때 보면 아이들이 학용품을 사는 척하면서 점방에 들어가서 무엇을 사 먹습니다. 껌이나 콘, 하드 같은 것을 사서 다른 아이들 보는 길가에서 먹고 있습니다. 사 먹을 생각이 없던 아이들도 그런 아이를 보면 먹고 싶어집니다. 그래서 또 따라서 점방에 들어가 사 먹지요. 이것이 우리 학교 아이들의 가장 큰 문제점입니다.

과자 사 먹는 아이들은 아침뿐 아니라 점심시간에도 사 먹고, 집에 갈 때도 사 먹습니다. 먹고는 종이를 아무 데나 버립니다. 이런 아이들은 자기 혼자밖에 생각할 줄 모릅니다. 남이야 먹고 싶어 하든지 말든지 생각하지 않습니다. 길가에 종이가 떨어져 있어도 예사로 봅니다.

과자를 자꾸 먹으면 이빨이 나빠지고, 위장도 나빠진다고 합니다. 더구나 학교 앞에서 파는 과자나 빵은 좋지 않은 것이 많습니다.

나는 아이들이 과자를 사 먹지 않도록 하기 위해 선생님들이 좀 걱정해 주었으면 좋겠다고 생각합니다. 날마다 누가 사 먹었는가 알아보셨으면 좋겠습니다. 선도생을 시켜서 과자 사 먹는 사람의 이름을 적도록 하면 좋겠어요. 그래야 안 사 먹게 됩니다. 왜 선생님들이 그런 일을 못 하실까요?

또 부모님들은 아이들에게 과자 사 먹을 돈을 주지 말았으면 좋겠습니다.

그런데, 나쁜 과자를 왜 자꾸 만들어 낼까요? 우리들의 버릇을 나쁘게 하고 몸도 병들게 하는 식품은 나라에서 못 만들도록 해야 할 것입니다. 그러나 나라에서 막지 못하면 학교의 선생님과 부모님들께서 아이들이 안 사 먹도록 철저히 단속해 주시는 수밖에 없습니다.

이것은 어린이들이 군것질하는 것을 보고 어떻게 하면 해로운 과자나 빵을 사 먹지 않도록 할 수 있을까, 하고 평소에 생각했던 것을 전교어린이회에서 발표한 글입니다. 어린이들로서는 아주 하고 싶었던 말이요, 알맞은 주장이라 하겠습니다. 그러나 이런 글에서도 늘 시킴을 받아 행동하는 어린이들의 태도가 나타난 듯 느껴집니다.

이 글에 나타난 의견에 대해서 반대 의견을 말하는 어린이가 있다면 어떤 말을 할까요?

나는 지금 말한 ○○의 말을 모조리 찬성할 수 없습니다. 그 까닭은, 선도생을 시켜 지키게 하면 그 선도생들이 군것질을 합니다. 그리고 아이들 이름 적는 것도 불공평하게 적습니다. 그래서 친구들끼리 사이만 나쁘게 만들어 놓지요. 또 부모님들은 대개 학용품을 사라고 용돈을 주시는데 그 돈으로 사 먹거든요. 그러니 선생님이나 부모님들께 단속해 달라고 하는 것보다 우리들이 스스로 깨달아야 합니다.

나는 '군것질하는 것이 얼마나 해로운가?'라든지, '나는 이렇게 해서 군것질을 안 하게 되었다'란 제목으로 발표회를 여는 것이 좋겠다고 생각하고, 이런 행사를 다음 달에 하도록 제안합니다. 그래서 모든 아이들이 군것질이 좋지 않다는 것을 깊이 깨닫게 해야 한다고 주장합니다.

이만한 의견은 여러분이 충분히 말할 수 있을 것 같아서 내가 한번 적어 본 것입니다. 물론 이 의견에 대해서 다시 또 반대하고 비판하거나 보충해서 말하는 또 다른 의견을 쓸 수도 있습니다. 생각이 나면 누구든지 한번 써 보세요.

# 삶 속에서 우러난 생각

## 주장하는 글 쓰기(논설문) 4

많은 사람들 앞에서 자기의 생각을 주장하는 경우뿐 아니라, 어떤 특정한 사람을 상대로 해서 자기의 생각을 주장하는 일도 흔히 있습니다. 보기를 들면 가고 싶지 않은 무슨 학원에 부모님들이 억지로 가도록 권하거나 명령할 경우, 자기의 의견을 글로 써서 부모님들께 하소연하는 따위지요. 숙제를 감당할 수 없을 만큼 많이 내어 주시는 선생님께도 글을 써 드릴 수 있을 것이고, 자기와 생각이 잘 안 맞는 회장한테도 학급의 어떤 문제를 두고 의견을 써 보일 수가 있습니다. 글이란 이래서 좋은 것입니다.

다음은 교장 교감 선생님께 바로 드리는 글은 아니지만, 그 선생님들을 상대로 썼다고 할밖에 없습니다.

### 교장 교감 선생님 남학생 경북 초 6학년

나는 오늘 교장 선생님과 교감 선생님이 구두를 신고 현관에 들어오시는 것을 보았다. 본래 현관에는 신발을 전부 다 벗고 들어와야 되는데 우리 학교에서 교장 교감 선생님이 이러시면 되나요?

아주 단순하고 짧은 글이지만 이것도 주장하는 글입니다. 주장하는 글은 이와 같이 일상의 삶에서 얻은 생각이나 우러난 의견이 뼈대가 되어야 하겠습니다. 그래서 자기의 주장에 대한 상대방의 변명이나 반대 의견을 미리 짐작해서 이모저모로 따져 자세히 쓰게 되면 더욱 좋겠지요.

다음은 3학년의 한 어린이가 아버지 어머니께 드린 글입니다. 3학년이니까 아직은 이치를 따져서 당당하게 어떤 의견을 주장하기는 힘듭니다. 그러나 이 글에는 지극히 당연한 이 어린이의 생각(주장)이 나타나 있습니다.

### 어머니 아버지께 보내는 글 김효경 서울 노량진초 3학년

어머니, 아버지, 우리 형제를 기르시느라고 얼마나 고생하셨어요.
우리 어머니 아버지처럼 매로 키우시는 분이 어디 또 있으시겠어요.
제가 철이 나지 않았을 때는 얼마나 어머니 아버지를 원망했는지 몰라요.

저는 학원도 다니기 때문에 피곤해서 9시 전에 자면 공부하라고 하시며 매로 때리셨죠.

그때의 매는 하나도 아프지 않았어요. 하지만 그 아프지 않은 매가 내 작은 두 눈에 자꾸만 눈물이 쏟아지게 했으니까요. 그때가 10월쯤이죠. 어머니 아버지, 저는 그렇게 매를 맞으며 사는 팽이인가 봐요.

그래서 나는 날마다 어머니 아버지를 원망했어요.

이제부터는 이런 원망 하지 않을께요. 그래도 우린 아버지께서 저희를 원망하는 소리를 듣기가 싫어요.

저희는 자라는 어린이에요. 잘못하기도 하고 잘하기도 하고 뒤떨어지기도 하고 앞서기도 하는 거예요. 맨날 1등 1등 맨날 1등이에요. 저희는 2등도 하고 3등도 해요. 그리고 저는 2학년 때 2등을 했어요. 그런데 어머니 아버지는 크게 원망하셨어요. 저는 어머니 아버지께서 그렇게 1등만 하라고 하지 않으셨으면 좋겠어요.

아버지 어머니, 저희는 아버지 어머니께 드릴 말씀이 이것밖에 없어요.

(중간 줄임)

그리고 저는 그렇게 1등만 하는 아이가 아니고 2등도 3등도 꼴등도 하는 아이로 아셨으면 좋겠어요.

그리고 아버지 어머니께서 자기의 몸같이 사랑해 주시는 은혜는 제가 무슨 일이 있어도 갚을게요.

이 글의 앞쪽에는 매를 맞는 데 대한 생각을 조심스럽게, 그러나 눈물겹게 써 놓았고, 그다음에는 언제나 1등을 하라고 들볶는 부모님의 말씀에 대한 자기의 생각을 분명히 적어 놓았습니다. 자라나는 어린이가 2등도 하고 3등도 하고 꼴등도 할 수 있는 것이지, 어째서 맨날 1등만 하라고 합니까, 하고 이 어린이는 말하고 있습니다. 3학년생의 말이지만 참으로 옳은 말이지요. 이러한 저학년 어린이의 글에도 주장하는 글의 훌륭한 싹을 볼 수가 있습니다.

주장하는 글은 그 생각을 내세우거나 하소연하는 상대가 어떤 사람인가에 따라 이렇게 조심스럽게 쓸 수도 있지만, 보통으로는 좀 더 용기를 가지고 솔직하게 쓰는 것이 좋겠습니다.

끝으로, 다음에 토론거리가 될 만한 제목을 여러.가지 들어 놓겠습니다. 여러분은 이것을 보고, 될 수 있는 대로 찬성과 반대 두 편으로 나누어서 실제로 토론을 해 보면 더욱 좋겠지만, 먼저 자기 생각을 주장하는 글을 써 보시기 바랍니다.

① 도시가 살기 좋은가? 농촌이 살기 좋은가?

② 가난한 사람은 왜 가난할까? 게을러서 그렇다. 그렇지 않다.

③ 남학생과 여학생은 자리를 따로 하는 것이 좋다. 짝을 지어 같이 앉는 것이 좋다.

④ 우리는 전쟁을 일으켜 북한으로 쳐들어가야 한다. 그래서는 안 된다.

⑤ 초등학생이 시계를 손목에 차고 다니는 것은 좋지 않다. 좋다.

⑥ 군것질은 아주 못 하게 해야 한다. 해도 좋다.

⑦ 두 어린이가 싸우고 있는 것을 보았을 때 어떻게 해야 옳은가?

- 가만히 구경하고 있어야 한다.
- 말려야 한다.
- 잘 싸운다고 양쪽을 다 응원해야 한다.
- 선생님께 알려야 한다.
- 약한 쪽을 편들어야 한다.
- 강한 편을 들어야 한다.
- 양쪽을 다 벌주도록 해야 한다.
- 먼저 말려 놓고 그 사정을 들어야 한다.
- 싸움의 원인, 경과를 들어서 어느 쪽이 옳고 어느 쪽이 잘못했는지 분명히 밝혀야 하고, 학급회의를 열어 재판을

해야 한다.

•그 밖의 의견.

⑧ 반장은 어떻게 뽑아야 할까?

•공부 성적이 가장 좋은 어린이가 되도록 해야 한다.

•마음이 착하고 행실이 올바른 어린이를 투표로 뽑아야
한다.

•주마다 한 사람씩 차례로 바꿔서 하면 모든 사람이 반
장을 할 수 있어서 좋다.

⑨ 교실 청소를 어떻게 해야 할까?

•청소하는 사람을 사서 하도록 해야 한다.

•우리가 공부하는 방이니까 우리가 깨끗이 하는 게 좋다.

•그 밖에 청소하는 방법에 대한 의견.

⑩ 도시의 길가에 엎드려 구걸하는 사람이 있다. 그 사람
앞을 지나갈 때 돈을 주는 것이 좋다. 줄 필요가 없다.


이 밖에도 토론거리가 될 만한 문제, 주장을 내세울 글의
제목은 얼마든지 찾아낼 수 있을 것입니다.

# 마음에 남아 있는 일을 즐겁게

일기 쓰기

일기는 하루 동안에 있었던 일 가운데서 마음에 남아 있는
일을 그날그날 적어 두는 글입니다. 그 누구에게 보이기 위
해 쓰는 글이 아니어서 가장 솔직하고 진실한 말이 될 수 있
는 것이 일기글의 특징입니다. 일기 쓰기만큼 좋은 글쓰기
공부가 없는 까닭이 여기에 있습니다. 그래서 남에게 보이
기 위해 쓰는 일기라면 아무 값어치가 없고, 오히려 해로움
이 큽니다. 아무리 선생님이 쓰라고 하고 검사를 받게 되어
있더라도 보이기 위한 일기가 안 되도록, 진정으로 쓰는 일
기, 즐겁게 쓰는 일기가 되도록 힘써야 합니다. 그래야만 일
기 쓰기는 글쓰기 공부뿐 아니라 귀한 인생 공부가 되고, 그
렇게 해서 쓴 일기는 이 세상에 둘도 없는 소중한 보물이 될

것입니다.

일기 쓰기가 귀찮은 짐이 아니고, 재미있고 즐거운 공부가 되도록 하기 위해서 몇 가지 쓰는 방법과 요령을 말하겠습니다.

첫째, 일기를 쓰는 시간을 정해 놓아야 합니다. 일기를 쓰는 때는 아무래도 저녁이 가장 좋겠습니다. 저녁때에서 자기 전까지 사이의 어느 시간을 일기 쓰는 시간으로 정해 놓으면 되겠습니다. 그날에 안 쓰고 다음 날로 미루면 아주 잊어버리는 수가 있고, 또 쓰고 싶은 생각이 사라지기도 합니다.

일기를 쓰다가 하루쯤 (아프다든지, 여행을 한다든지 해서) 못 썼으면 어떻게 할까요? 이럴 때는 그 전날의 일을 짧게 한두 줄 적어 두든지, 그 정도도 쓰기 힘들거나 쓰고 싶지 않으면 그대로 빼먹고 다음 날의 일기를 쓰면 됩니다. 하루 이틀 빠졌다고 해서 선생님께 보이기 위해 아무렇게나 써 놓지는 마세요. 더구나 여러 날 쓰지 않은 일기를 한꺼번에 거짓되게 적어 놓는 일은 하지 말아야 합니다. 그런 거짓 일기장은 아마 쓴 사람도 귀하게 보관해 두고 싶지 않을 것입니다. 며칠이든지 못 쓴 날은 그대로 넘어가면 됩니다. 일기라고 해서 반드시 하루도 안 빠지고 써야 하는 것은 아닙니다. 일기를 날마다 쓰라고 하는 것은, 하루 이틀 안 쓰다 보면 그것이 버릇이 되어 아주 일기를 못 쓰게 된다고 그렇게 권하는 것이니까요.

둘째, 일기의 내용은 그날에 있었던 일 가운데서 잊히지 않는 것, 쓰고 싶은 것 한두 가지를 골라 쓰는데, 미리 어떤 제목을 정해서 쓰는 것도 좋겠습니다. 어쨌든 자기가 한 일, 본 일, 들은 일들 가운데서 꼭 적어 두고 싶은 것을 골라내세요. 기쁜 일, 슬픈 일, 답답한 일, 억울했던 일, 큰일 날 뻔했던 일, 재미있었던 일 들을 날마다 일기에 적으면 마음에 큰 위안을 얻게 됩니다. 그래서 일기 쓰기가 즐거워지지요.

셋째, 글의 길이 이것도 마음대로 하세요. 짧게 쓰든지, 길게 쓰든지, 자유로 할 것입니다. 하루의 일기를 두세 줄로 쓸 수도 있고, 여러 장 쓸 수도 있습니다. 내 생각에는 여느 때는 짧게 쓰다가도 한 주일에 한 번(아니면 두 번)쯤은 (쓰고 싶은 것이 많은 날이 더러 있을 테니까) 글쓰기 공부를 힘들여 하는 셈치고 길게 쓰는 것이 좋지 않겠나 싶습니다.

넷째, 일기 공책 문제입니다. 문방구에는 일기장이라고 해서 날마다 똑같은 길이로 글을 쓰도록 만들어 놓은 것을 파는데, 그런 일기장은 좋지 않습니다. 글을 자유롭게 쓸 수 없으니까요. 무엇이든지(글이든 그림이든 손으로 만드는 것이든) 틀에 맞추어 똑같이 만드는 것은 좋지 않습니다. 사람의 생각으로 지어내는 것은 기계로 만들어 내는 것과는 달라야 합니다. 그래서 일기장도 어떤 형식을 억지로 요구하는 것을 사서 쓰지 말고, 보통으로 쓰는(가로로 줄만 그어져 있는) 공책을 사서 자유롭게 쓰는 것이 좋겠습니다. 더구나 자는 시간, 일어난 시간, 착한 일 한 것…… 뭐 이런 따위를 기계같이 적어 넣도록 해 놓은 일기장은 아주 좋지 않다고 봅니다. 그런 것을 억지로 쓰니까 일기 쓰기가 싫어집니다.

다섯째, 첫머리에 날씨를 적는 자리에 '맑음' '흐림' 이렇게 쓰지 않고 '해님이 방긋 웃었다'든지 '해님이 구름에 가려 눈물을 흘렸다'든지 하고 쓴 것을 어쩌다 볼 수 있는데, 이것은 공연히 신기한 말로 꾸미는 것밖에 안 됩니다. 특별히 '날씨 일기'란 것을 쓸 때는 해, 비 오는 모양, 구름의 움직임, 바람의 방향 같은 것을 자세히 쓰게 되지만, 보통으로 쓰는 생활 일기에는 그렇게 쓸 수 없습니다. 그래서 몇 가지, 새로운 듯하지만 판에 박은 말을 그렇게 날마다 쓰다 보면 재미없게 느껴집니다. 또 만약에 '해님이 구름 사이에서 방긋 웃었다'고 하는 말을 썼다면 그것은 어느 순간의 일을 쓴 것이지 하루의 날씨를 적은 말은 아닙니다. 날씨를 적는 말은 역시 '맑음' '흐림' '비 온 뒤 개임' '오전에 흐렸다가 오후에는 비'…… 따위로 알기 쉽게 쓰는 것이 좋겠습니다.

다음에 몇 가지 일기의 보기를 들겠습니다.

9월 17일 토요일 맑음

오늘 '거고예술제'를 보러 갔다. 어찌나 사람이 많은지 한증탕 같
았다. 겨우 들어가 보았다. 참 재미있었다.

집에 오니 11시가 되었다. 곧 잠이 들었다.

9월 19일 월요일 흐림

마스게임을 했다. 모두가 싫어하는 눈치였다. 나도 그랬다. 하기
싫은 것을 억지로 하라고 했다.

집에 와서 얘기를 얼마나 했던지 입이 다 아프다. 입 좀 다물어야겠
다. (1983.)

간결하게 쓴 일기입니다. 이 어린이는 이렇게 짧게 쓰다
가도 때로는 아주 길게 쓰고 있습니다.

보기글 2 김동현 경남 거창 쌍봉초 4학년

9월 15일 토요일 맑음: 고양이

우리 집에는 고양이가 있다. 그런데 밥을 먹을 때에는 우리 곁으로
오고, 아빠 물팍 위에 올라앉는다.

누 잘 때에도 아빠 배 우에 올라가 잔다.

 • 물팍: 무르팍. 무릎. • 누 잘 때: 누워 잘 때.


9월 16일 일요일 맑음: 벌
오늘은 아빠가 산소에 벌초하로 가 갖고 벌한테 쏘이기만 하고 왔
다.


9월 17일 월요일 흐림: 두꺼비
우리 집에 장마다 오는 두꺼비가 있다. 그 두꺼비는 큰 이미다. 해
만 너머가면 온다. 그런데, 하루는 와 가지고 쥐가 두꺼비 등을 갉
아먹었다. 피가 났다. 그래서 어머니가 딲아 주었다. (1984.)

 • 장마다: 늘. • 이미: 어미.


동물과 곤충의 이야기를 쓰고 있는 이 일기글에는 순박한
시골 사람들의 마음과 생활이 잘 나타나 있습니다. 짧게 쓴
일기글이지만 몇 번 읽어도 맛이 나는 글입니다.


집안일 돕기 성흥기 경북 성주 대서초 4학년


7월 21일 목요일
엄마가 골막에 가서 풀을 뽑아라 하셨다. 나는 풀을 뽑는데 작은

266

누나가 왔다. 그래서 작은누나보고 풀을 같이 뽑자고 했다. 엄마가 잘 뽑는다고 칭찬해 주었다.

• 작은누나보고: 작은누나한테.

7월 22일 금요일

아침에 작은누나하고 청소를 했다. 그런데 마리를 닦을 때 제비가 똥을 쌌다. 그래서 나는 널판지를 대 주었다. 그리고 청소를 다 했다.

• 마리: 마루.

7월 23일 토요일

엄마하고 작은누나와 콩 패로 갔다. 콩을 가져올 때 너무 많아서 엄마가 제일 많이 가져갔다. 누나, 또 나, 그렇게 가져갔다.

7월 24일 일요일

오늘은 일요일이다. 나는 일요일이 제일 낫다. 그래서 기분이 좋아서 마당 쓸고 방 쓸고 마리 쓸고 다 했다. 그리고 엄마가 칭찬을 해 주었다. 나는 무척 기뻤다.

7월 25일 월요일

4시에 누나와 같이 소를 미로 갔다. 누나는 소를 보고 나는 꼴을 빗다. 그리고 집으로 왔다. (1983.)

   • 미로: 먹이러.  • 빗다: 벴다.


  이 일기는 여름방학이 끝나는 8월 31일까지 이렇게 계속하고 있습니다. 이렇게 여러 가지 집안일을 도운 일기도 쓸 수 있고, 논밭의 곡식을 가꾼 일기, 토끼 기른 일기, 염소 기른 일기, 병아리 일기, 송아지 일기 들도 쓸 수 있습니다.

## 쓰면서 즐겁고 받아서 즐거운

편지글 쓰기

편지는 멀리 있는 사람끼리 하고 싶은 말을 써서 보내는 글입니다. 그러니 편지글은 실제로 만나서 입으로 할 말을 그대로 쓰면 됩니다. 오랜만에 친구끼리 만났다면 얼마나 반갑겠습니까? 그래서 저절로 이런 소리가 나오지요. '참 오랜만이구나!'라든지, '야, 그동안 잘 있었니?' 이렇게 말입니다. 편지도 이렇게 저절로 나오는 말로 시작합니다.

만약 선생님이나 아저씨께 드리는 편지라면 '선생님, 안녕하십니까?' '아저씨, 그동안 안녕하셨습니까?'라고 쓰면 되겠지요.

이렇게 상대 안부를 물은 다음에는 자기 안부를 알립니다. '난 별 탈 없이 잘 지내고 있단다.'

'저는 잘 있습니다. 어머니 아버지께서도 평안하시고, 동생들도 공부 잘하고 있습니다.'

상대편의 안부만 묻고 자기 쪽의 안부를 전하지 않는다면 실례가 됩니다. 편지글은 이렇게 인사말을 어느 정도 갖추어야 하는 것이 다른 글과 다른 점입니다.

인사말이 대강 끝났으면 그다음부터 하고 싶은 얘기, 부탁할 말을 씁니다. 별로 부탁할 말이 없는 경우에는 자기가 요즘 하고 있는 일, 생각, 자기 집 소식 같은 것을 쓰면 되겠지요. 편지를 받는 사람으로서는 편지를 쓴 사람이 요즘 어떻게 지내는가를 알고 싶어 할 테니까요.

이렇게 할 말을 다 쓴 다음에는 마지막에 다시 인사말을 씁니다. '그럼 잘 있어. 편지 회답 기다린다'라든지, '선생님, 안녕히 계십시오. 이만 쓰겠습니다' 하고 쓰면 되겠지요. 이것은 서로 헤어질 때 나누는 인사말이 되겠습니다.

이 마지막 인사말도 상대편이 어떤 사람인가에 따라 알맞게 써야 합니다.

'○○야, 부디 몸 건강히 잘 있거라' 이렇게 쓰면 제 동무나 제 동생 같은 아이에게 하는 인사말입니다. 그런데 선생님께 드리는 편지글 끝에 '선생님, 건강하십시오'라고 쓰면 실례가 됩니다. '…… 하십시오'란 말은 비록 높임말이라 하더라도 명령하는 꼴입니다. '건강하시기 바랍니다'로 써야 하겠습니다.

또 선생님께 드리는 편지글 끝에 '선생님, 편지 회답 꼭 주십시오'라고 쓰는 것도 버릇없는 말입니다. 특별한 일이 아니면 어른들께 편지 회답을 요구해서는 안 되고, 어쩔 수 없이 회답을 부탁할 경우에도 '꼭 주십시오'란 명령하는 말을 쓰지 말고, '선생님, 부디 저의 괴로운 마음을 생각해 주시고, 간단하게라도 몇 마디 도움 되는 말씀을 주시면 고맙겠습니다' 이렇게 공손한 말씨로 써야 합니다.

또 한 가지, 더러 편지 마지막에 '이만 필을 놓겠습니다'고 쓰는 학생들이 있는데, '필을……' 하는 말은 바른 우리 말이 아니니 쓰지 않는 것이 좋겠습니다. '연필을 놓습니다'든지 '펜을 놓습니다'로 쓰면 되겠지요.

그다음에는 날짜를 반드시 적고, 자기 이름을 똑똑하게 써야 합니다. 어른들께 드리는 편지라면 이름 다음에 '올림'이라 씁니다. 동생들에게 쓰는 편지라면 이름을 안 쓰고 '언니 씀' '오빠 씀' '누나 씀'이라 해도 좋겠지요. '○○이가'라고 쓰는 것은 친구끼리라도 안 쓰는 것이 좋겠습니다.

여기 편지글을 한두 편 들어 봅니다.

기원아,
동주초등학교에서 분리되어 이곳 감전초등학교로 온 지도 벌써 1

학기가 지났구나. 여기 오기까지는 너하고 너무나 친한 단짝이었는데, 헤어져 있으니 만나기도 힘들구나. 여름방학 전에 동창회를 한다는 연락을 받고 동주초등학교에 달려갔는데, 안 하더라. 그래서 너의 집에 찾아가려고 하다가 학원에 갈 시간이 늦어 그만두었어.

기원아, 이젠 공부 좀 하니? 응, 기원아, 나는 지난번에 너한테 실망한 것이 있었다. 우리 반 아이들과 선생님이 너보고 높이뛰기를 하라고 했는데, 너는 왜 하지 않았니? 나 같으면 좋아서 하겠다. 운동을 그렇게 좋아하던 네가 웬일인지 아직도 이상하다.

기원아, 너는 몇 반이고? 나는 5학년 3반이다. 우리 반은 우리 학교에서 소문이 난 반이다. 달마다 학급신문을 내고, 분단연극제도 하고, 1시간 선생님 제도도 있단다. 번호대로 나와서 한 시간씩 선생님 노릇을 한단다.

그리고 있제, 이것은 내 자랑 같지만 여기서도 총무부장이 되었다. 그건 그렇고 임마, 니는 내가 안 보고 싶나? 왜 한번 안 찾아오노? 다음에 찾아온나?

4학년 때 박현순 선생님은 잘 계시냐? 또 그리고 그때 우리 반 애들도 다 잘 있나? 언제 또 반창회 한 번 더 하자. 기원이 너가 준비해서 연락해 도라.

기원아!

나는 네가 우리 반 축구 선수로 공을 몰고 다니던 모습을 영원히 잊을 수가 없다.

이 편지 받거든 전화라도 한번 해라. 우리 집 전화번호는 92-6464
다. 외우기 쉽지?

그럼 기원아, 만날 때까지 안녕!

1984년 9월 20일

너의 친구 김태식

• 너보고: 너한테.  • 연락해 도라: 연락해 주라.


이 글은 다정하게 지내던 친구에게 보내는 편지글입니다.
친구에게 쏟아 놓는 말이 입으로 하는 말 그대로 나타나 있
어 정이 넘치는 편지가 되었습니다. 이 편지는 첫머리에 나
와야 할 인사말이 보통의 편지같이 안 나오고, 같이 지내
던 아이들과 선생님의 안부를 묻는 말이 뒤에 가서 나옵니
다. 그런데 그렇게 쓴 것이 이 편지에서는 오히려 자연스럽
게 느껴지기도 합니다. 편지도 진정으로 나오는 말을 그대
로 쓰기만 하면, 앞뒤에 나오는 인사말 같은 형식은 마음대
로 쓸 수 있는 것이라 생각됩니다.

지금까지는 무슨 부탁을 하는 편지든, 안부만을 전하는
편지든, 어쨌든 실제로 필요해서 쓰는(우편으로 보내는) 편지글
에 대해 주의할 점을 말했습니다. 그런데 어린이 여러분에
게는 실제로 필요해서 우편으로 보내는 편지를 쓰는 경우는

어른들같이 그렇게 자주 있는 것 같지 않습니다. 여러분이 쓰는 편지는 날마다 만나는 어른들이나 동무들에게 평소에 하고 싶었던 얘기를 글로 써 보이는 경우가 더 많지요. 곧 편지글의 형식을 빌어서 하고 싶은 말을 선생님이나 부모님이나 동무들에게 하는 글입니다. 이런 글 또한 편지로 쓰는 만큼 마음속의 말을 솔직하게 드러내어 입으로 하는 말로 써야 합니다.

2학년 때의 선생님, 이명록 선생님께
선생님, 안녕하십니까?
저는 지금 시원찮은 선생님, 주중식 선생님의 제자가 됐습니다.
2학년 때 나를 많이 때려 주시던 이명록 선생님, 우리가 3학년이 될 때 선생님은 교실에서 눈물을 쏟으셨죠? 저도 그땐 눈물이 글썽이었습니다. 그때 "어, 선생님 운다!" 하는 내 동무의 말에 "아니에요. 저는 여러분이 3학년이 되는 것이 기뻐서 우는 거여요" 하시던 말씀이 아직도 생생합니다. 지금은 무엇을 하고 있는지요?
지금의 우리 선생님은 시원찮은 선생님이어서 이명록 선생님처럼 많이 때리시지 않고, 이명록 선생님보다 더 잘 웃습니다. 선생님도 많이 웃고 사세요. 이만 줄이겠습니다.

1985년 5월 15일
제자 이정현 올림

매로 많이 때리던 2학년 때의 선생님께 드리는 글인데, 지금의 담임선생님은 때리지 않고 잘 웃으시는 "시원찮은 선생님"이라 하여, 때리던 선생님을 원망하기는커녕 깊이 이해하고 있습니다. 그러면서도 한편 "선생님도 많이 웃고 사세요" 하면서 지금의 담임선생님을 높이 보고 있음을 은근히 말하고 있습니다. "시원찮은 선생님"이라고 한 것은 선생님과 어린이들 사이가 얼마나 가깝고 정다운가를 말해 주는 표현이었던 것입니다. 선생님께 드리는 글을 이와 같이 스스럼없이, 두려움 없이 쓴다는 것은 정말 다행한 일이라 생각합니다.

# 사랑으로 살펴보는 자연

살펴보는 글 쓰기(관찰기록문)

살펴보는 글은 관찰문 또는 관찰기록문이라고도 하는데, 살펴보는 글이라고 하는 것이 더 좋겠습니다. 이 살펴보는 글은 일정한 동안에 무엇을 계속 살펴보고 그 자라남, 움직임, 달라짐 같은 것을 적는 글입니다. 살펴보는 대상이 되는 것은 자연일 수도 있고, 사회의 여러 가지 현상일 수도 있지만, 어린이 여러분이 살펴보는 공부는 주로 자연현상을 대상으로 하게 됩니다.

① 무엇을 살펴보는가?

살펴보는 대상은 풀, 나무, 곡식과 같은 식물일 수도 있고, 강아지, 고양이, 염소, 송아지, 병아리와 같은 집짐승일 수도

276

있고, 참새, 오리, 비둘기, 까치, 제비와 같은 날짐승일 수도 있고, 개미, 배추벌레, 지렁이, 딱정벌레, 거미와 같은 곤충일 수도 있고, 물속에 사는 여러 가지 고기, 올챙이 같은 것일 수도 있습니다. 또 구름의 일기, 바람의 일기 같은 것도 쓸 수 있습니다.

② 어떤 내용을 살펴보는가?

풀, 나무, 곡식 같은 것이라면 싹이 터서 나오는 모양, 잎, 줄기, 꽃, 열매의 모양과 색깔과 크기, 단풍잎의 색깔과 떨어지는 차례, 곡식들은 어떻게 가꾸고, 병충해는 어떤 것이 있어 어떻게 막는가, 하는 것까지 살펴보고 쓸 수 있겠습니다.

곤충이라면 어떤 곳에서 살고 있는가? 어떤 모양을 하고 있는가? 어떻게 움직이는가? 무엇을 먹고 있는가? 어떤 성질을 가지고 있으며, 어떻게 어울려 살고 있는가? 어떤 소리를 내고 있는가?

동물이라면 그 모양의 특징은 어떤가? 무엇을 먹는가? 어떻게 걸어가는가? 어떤 버릇을 가지고 있는가? 울음소리는 어떤가?

날씨라면 구름의 움직임과 형태와 색깔과 느낌, 바람의 방향과 부는 정도, 천체라면 별의 자리, 모양, 색깔, 느낌…… 따위.

③ 언제 살펴보는가?

식물을 살펴보는 일은 대체로 봄에서 가을까지 사이에 하게
되는데, 적어도 한 주일 이상, 길면 두 달이나 석 달 동안,
또는 그 이상으로 계속할 수도 있습니다. 그동안 날마다 아
침이나 저녁에 살펴볼 수도 있지만, 자라남이 느린 식물이
라면 이틀에 한 번, 또는 사흘에 한 번 살펴보는 수도 있겠
습니다. 나무 같은 것은 그 종류에 따라서 한 달에 한 번씩
살펴볼 수도 있고, 한 해에 한 번씩 그 높이나 둘레를 재어
서 적어 놓을 수도 있습니다. 뜰에 심어 놓은 느티나무의 둘
레를 10년마다 아버지와 아들이 대를 이어 재어 볼 수도 있
을 것입니다.

나무의 잎은 봄과 가을에 다음과 같은 관점으로 재미있게
살펴볼 수 있습니다. 곧, 봄이면 여러 가지 나무들의 잎이
언제 저마다 돋아나는가? 가장 먼저 피어나는 잎과 가장 늦
게 피어나는 잎은 무슨 나무의 잎이며 그때는 언제인가? 잎
보다 꽃이 먼저 피는 나무는 무슨 나무인가? 이러한 살펴보
기와 글쓰기는 3월에서 6월까지 해야 하겠습니다.

가을에 물들어 떨어지는 단풍잎에 대해서는, 가장 먼저
떨어지는 잎, 가장 늦게 떨어지는 잎, 가장 먼저 떨어지기
시작했는데도 가장 늦게까지 떨어지는 나뭇잎, 아래쪽 이파
리에서부터 단풍이 들어 떨어지는 나무와 가지 끝에 달린

잎에서부터 단풍이 들어 떨어지는 나무, 단풍이 든 채로 가지에 매달려 겨울을 넘기고 다음 해 봄을 지나 새잎이 돋아날 때가 되어서야 떨어지는 나뭇잎, 열매보다 먼저 떨어지는 나뭇잎…… 이런 여러 가지 단풍잎과 지는 잎에 대한 살펴보기는 9월부터 시작하여 12월까지, 더러는 겨울을 지나 이듬해 봄까지 할 수 있습니다.

벌레나 물고기, 동물을 살펴보는 일도 대개 봄부터 가을 사이에 하게 됩니다만, 더러는 겨울에도 할 수 있겠습니다.

다음에 살펴보는 글 몇 편을 들어 봅니다.

해바라기 일기 남학생 초 5학년

6월 17일 월요일 흐림
집에 와서 해바라기 키를 재어 보니까 35cm였다.

6월 18일 화요일 맑음
학교에 갔다 와서 해바라기 키를 재어 보니까 그대로 35cm였다.

6월 19일 수요일 맑음
오늘도 해바라기 키를 재어 보니 그대로 35cm였다. 색깔도 바뀌지 않고 그대로 녹색이었다.

이것은 어느 아이가 쓴 살펴보기 글의 한 부분입니다. 날마다 해바라기의 키만 재어서 적는다는 것은 얼마나 재미없는 일일까요? 좀 더 다른 여러 가지를 살펴볼 수도 있을 텐데 말입니다. 그러나 이렇게 재미없는 키 재기만을 날마다 꾸준히 해서 적어 둔다고 하더라도 생각만 있으면 그 기록에서 어떤 발견을 할 수도 있을 것입니다. 비가 온 날과 가뭄이 이어진 날을 견주면 해바라기의 키가 자라는 데도 다름이 있을 것 같습니다. 하지만 아무 생각 없이 기계처럼 재어서 적는 것만으로는 그런 놀라운 사실이 있어도 깨달을 수 없겠지요.

토마토 관찰 배동진 경북 성주 대서초 6학년

6월 1일 토요일 맑음
토마토가 열렸다. 꽃받침에 비해 토마토가 너무 작다. 그런데 토마토 제일 중심부에 말라 떨어질 듯 아슬아슬하게 달려 있다.

6월 4일 화요일 맑음
그 외 아무 변화가 없다. 한 가지 변화가 있다면 꽃잎은 떨어지고 토마토 끝에 1cm 정도 되는 줄기가 붙어 있었다.

6월 7일 금요일 맑음

토마토가 조금 커졌다. 내가 우연히 딴 꽃받침을 보니까 5개인 것도 있고 6개인 것도 있었다. 나는 새로운 사실을 알았다.

6월 10일 월요일 맑음

오늘 가 보니까 참 이상했다. 토마토가 참외처럼 중간중간에 쏙들어갔다. 그런데 토마토 끝에 검은 점이 있다. 내 생각에는 토마토꽃의 수술이 말라서 된 것이 아닌가 생각된다.

6월 13일 목요일 맑음

토마토는 다른 열매와 좀 다르게 달려 있었다. 왜냐하면 모두가 달린 것이 밑으로 줄기가 90° 정도 굽어서 달리기 때문이다. 줄기가 그냥 굽은 것이 아니다. 90° 직각으로 굽는 곳이 딴 줄기에 비해 조금 굵었다. (1985.)


이 일기는 5월 20일에 시작하여 7월 7일에 끝났는데, 그 동안 사흘에 한 번씩 살펴보고 적어 놓았습니다. 사흘마다 달라진 것을 잘 잡아서 썼고, 글로 설명하기 힘든 것은 그림을 그려 놓기도 하였고, 병든 잎을 따서 붙여 놓기도 하였습니다. 토마토가 자라나서 열매를 맺고 익을 때까지 보고 느끼고 생각한 것을 잘 적은 글입니다.

6월 1일에 적은 글에서 "그런데 토마토 제일 중심부에…… 달려 있다" 하고 썼는데, 무엇이 달려 있다는 말일까요? 열매가 달려 있다는 말이라면 "중심부"란 말이 어디를 가리키는지 모르겠습니다. 또 "중심부"란 말은 '한가운데'라 하면 됩니다. "비해"란 말도 '견주어'라고 해야 깨끗한 우리 말이 됩니다.

### 담배 성은주 경북 성주 대서초 6학년

4월 25일 월요일
이제부터는 담뱃잎에 대한 조사를 계속하겠다. 오늘 담뱃잎을 보니 많이 커서 비닐을 째 주니까 쭈그러진 담뱃잎이 활짝 폈다. 자로 재니까 약 6.3cm였다. 아직 작은 것은 째 주지 않았지만 작은 것도 조금만 있으면 째 줄 것이다. 담뱃잎은 참외보다 훨씬 일찍 끝낸다고 하였다.

4월 27일 수요일
오늘 논에 가 보니 담배 이파리에 흙이 좀 있었다. 오늘은 그때보다 별로 차이는 없는데, 어제 바람이 불고 비가 왔기 때문에 흙이 담배 구멍에 무너진 것도 있었다.

4월 28일 목요일

학교 갔다 와 논에 가서 담뱃잎을 보니 축축하였다. 오전에 비가 왔기 때문에 구멍에도 물이 있었다. 우리는 처음 담배 농사를 하기 때문에 하기가 좀 어려운 것 같다. 담배 옆에 깔아 놓은 비닐 밑에는 풀이 자라고 있다. 나는 이상해서 뽑았다. 그러나 많이 나 있어서 다는 못 뽑고 조금만 뽑았다.


5월 3일 화요일

오늘도 다른 날과 같이 논에 가 보았다. 거기엔 어머니 혼자 일하고 계셨다. 담뱃잎을 자로 재어 보니 16.7cm였다.


5월 6일 금요일

일찍 논에 가니까 담뱃잎이 조금 시들어 있었다. 나는 비닐을 까주고 난 다음, 잎을 펴 주었다. 그다음 자로 재어 보니 어제와 조금도 다름없었다. 잎이 어제보다 많이 시든 것뿐이었다. 또 하나를 재어 보니 이것은 싱싱하고 크기도 하였다. 비는 오지만 기분은 좋았다.


5월 9일 월요일

우리 식구 모두 다 일하로 논에 갔다. 그리고 나는 비닐에 딱 붙은 것을 띄고, 동생은 논 길이고, 언니는 담뱃잎 잡고, 어머니는 흙을 넣고 하는 일이다.

5월 18일 수요일

오늘 오전에 논에 가 보니 많이 컸다. 나는 자를 가져가지 못해 재지는 않았지만 많이 컸는 것 같았다. 내 손 한 뼘은 되었다. 엄마가 잎 안에 흙이 들어가면 안 된다고 하셨다. 나는 조심해서 흙을 넣었다. 흙을 안 넣었을 때는 컸는데, 흙을 넣으니까 작았다. (1983.)


이 일기는 7월 12일까지 계속되어 있습니다. 이 일기가 앞에 나온 '토마토 관찰' 일기와 다른 점은, 토마토에서는 보고 살핀 것뿐인데, 이 '담배' 일기는 그것을 가꾸는 일을 부모형제와 함께 하면서 살펴본 것을 썼다는 점입니다. 그러니 이 '담배' 일기가 더욱 살아 있는 공부가 되었다고 하겠습니다. 우리는 길가의 한 포기 풀을 보더라도 그것이 살아 있는 목숨으로 우리 사람의 삶과 어떤 관계를 맺고 있는가를 생각해야 하겠지만, 더구나 논밭에서 가꾸는 곡식은 그것을 위해 땀 흘리고 애쓰는 사람들의 삶을 생각하지 않고 다만 잎이나 줄기의 모양만 살펴보고 재고 적고 해서는 참된 공부가 될 수 없습니다. 이 '담배' 일기를 쓴 아이의 생활 태도는 참으로 훌륭하다고 생각합니다.